त्रिपुरारी शर्मा

31 जुलाई, 1956 में जन्मी महत्त्वपूर्ण रंगकर्मी। सीनियर कैम्ब्रिज करने के बाद दिल्ली विश्वविद्यालय से अंग्रेजी साहित्य लेकर बी.ए.। शिक्षा-काल से ही मेधावी और विश्वविद्यालय की साहित्यिक, सांस्कृतिक तथा सांगठनिक गतिविधियों में सक्रिय हिस्सेदारी।

राष्ट्रीय नाट्य विद्यालय, नई दिल्ली से नाट्यकला और नाट्य-निर्देशन सम्बन्धी विशेष शिक्षा। देश-भर की विभिन्न नाट्य-मंडलियों के साथ रहकर कार्यकारी अनुभव की प्राप्ति। विभिन्न स्थानों पर मंचित लगभग 16 नाटकों का निर्देशन। कई नाटकों का दूसरी भाषाओं से हिन्दी में अनुवाद और विभिन्न कार्यशालाओं के दौरान करीब 19 नाट्य-रचनाओं में रचनात्मक सहयोग।

स्वलिखित नाट्य रचनाएँ : 'बहू', 'विक्रमादित्य का न्यायासन', 'बिरसा मुंडा', 'अक्स पहेली' तथा 'सम्पदा'। मंचन के दौरान ये सभी नाट्य रचनाएँ दर्शकों द्वारा विशेष प्रशंसित।

बहू/अक्स पहेली

त्रिपुरारी शर्मा

राजकमल पेपरबैक्स

राजकमल पेपरबैक्स में
पहला संस्करण : 1984
पाँचवाँ संस्करण : 2025

राजकमल पेपरबैक्स : उत्कृष्ट साहित्य के जनसुलभ संस्करण

राजकमल प्रकाशन प्रा.लि.
1-बी, नेताजी सुभाष मार्ग, दरियागंज
नई दिल्ली-110 002
द्वारा प्रकाशित

शाखाएँ : अशोक राजपथ, साइंस कॉलेज के सामने, पटना-800 006
पहली मंजिल, दरबारी बिल्डिंग, महात्मा गांधी मार्ग, प्रयागराज-211 001
1, अनमोल सोराबजी संतुक लेन, धोबी तलाव, मरीन लाइंस, मुम्बई-400 002
वेबसाइट : www.rajkamalprakashan.com
ई-मेल : info@rajkamalprakashan.com

बी. के. ऑफसेट
नवीन शाहदरा, दिल्ली-110 032
द्वारा मुद्रित

मूल्य : ₹199

BAHU/AKS PAHELI
Plays by Tripurari Sharma

ISBN : 978-81-267-2519-9

प्रस्तावना

त्रिपुरारी के नाटक **बहू** (1979–संशोधित 1981) और **अक्स पहेली** (1983) मेरे लिए बहुत जाने-पहचाने हैं–मैंने इन दोनों पर काम किया है और इन्हें जिया है। मेरे लेखे इनकी विषय-वस्तु का सम्बन्ध अन्वेषण से है–एक नारी की खोज से, उसकी प्रश्नाकुलता से। इस प्रक्रिया में रूढ़ियों और परम्पराओं को तोड़ा गया है। और यही कारण है कि ये नाटक बहुत साहस और निर्भीकता के साथ लिखे गए हैं। हालाँकि इनकी संरचना परस्पर बहुत भिन्न है, और परिवेश भी अलग है, लेकिन सार्थकता खोजने की कोशिश और संघर्ष का माद्दा दोनों नाटकों में है। ये मंचीय नाटक हैं, लेकिन करारी चोट करते हैं–घटनाक्रम, संगीत और रंगत की पर्तों के नीचे से एक झटका देते हैं।

'बहू' अपनी संरचना में एक संगीतात्मक वृत्त है... 'अक्स पहेली' कसकर गूँथे गए बिम्बों का कोलाज है। बहू का आलेख पहले से तैयार था और उसमें मामूली-से ही परिवर्तन करने पड़े, अक्स पहेली जिस रूप में मंच पर आया, वह एक मामूली-सी रूपरेखा से विकसित हुआ है, जो सभी सहभागियों की क्रिया-प्रतिक्रिया का परिणाम है। दोनों की नाट्यपद्धति स्पष्टतः भिन्न है। अक्स में ज्यादा बौद्धिक तत्त्व हैं और यह नाटक शहरी लोगों के लिए है।

1

यह सन् 81 की गर्मियों की बात होगी। इन्द्रप्रस्थ कालिज में अपने छात्रों के साथ मिलकर प्रस्तुत करने के लिए मैं पागल की तरह पंजाबी में एक नाटक तलाश रही थी। मुख्य शर्तें यही थीं कि नाटक

स्त्री-समस्याओं पर ही केन्द्रित हो, यदि मूल पंजाबी में उपलब्ध न हो तो उसका पंजाबी में अनुवाद सम्भव हो, और उसे खुली हवा और खुली जगह में कहीं भी अभिनीत किया जा सके। किसी ने मुझे बताया कि त्रिपुरारी का नाटक 'बहू' ऐसी ही रचना है, जिसे उसने राष्ट्रीय नाट्य विद्यालय में अपनी तीसरे साल की प्रायोजना के एक हिस्से के रूप में प्रस्तुत किया था। यहीं से एक स्मरणीय सहभागिता का प्रारम्भ हुआ। रवि शर्मा पहले ही इसका अनुवाद शुरू कर चुके थे। नाटक की कथावस्तु पंजाब की है, लिहाजा भाषा में पंजाबी-संस्पर्श स्वाभाविक रूप से है।

दो साल तक यह नाटक दबा रहा, और त्रिपुरारी लगातार इसके संशोधनों की बात सोचती रही। लेकिन यह सम्भव उस समय हुआ, जब रवि, त्रिपुरारी और मैं एक साथ बैठे, और अभिनेताओं के साथ सचमुच काम शुरू करने से पहले, लगातार एक महीने तक इसमें काट-छाँट, सम्पादन, उलट-पुलट और नए दृश्य जोड़ने का काम करते रहे। रवि ने संगीत पर काम किया। लेकिन काम यहीं समाप्त नहीं हो गया। पूर्वाभ्यास के दौरान अभिनेताओं के सुझावों को लेकर त्रिपुरारी अत्यधिक व्यस्त रही-कई अंशों का लेखन और पुनर्लेखन करती रही।

नाटक में चित्रित काल 1930 का दशक है। पृष्ठभूमि में स्वाधीनता आन्दोलन की हल्की-सी अनुगूँजें हैं। लेकिन मूर्त संसार तो इसी नारी का संसार है, एक विधवा बहू का, जो एक वर्ष की कालावधि में, ग्रीष्म से लेकर वसन्त तक होने वाले धार्मिक अनुष्ठानों, तीज-त्योहारों, उत्सवों की मूक दर्शक है, चौबीसों घंटे बैल की तरह जुती रहती है, नितान्त अकेली। शायद ही कभी किसी चीज में हिस्सा लेती हो, लगातार ऊपर उठती है और वे सारे अधिकार पाने के लिए संघर्ष करती है जिनसे उसे वंचित कर दिया गया है और अपने में ही सिमट रहने के लिए विवश भी। और अन्त में इब्सन के 'डाल्स हाउस' की नोरा की तरह, घर को निरुद्देश्य नहीं छोड़ती, बल्कि उसे छोड़कर वह अपने आपको खुले आसमान के नीचे जीनेवाले सड़क-मजदूरों की कतार में शामिल कर लेती है और तोड़ देती है अपने वर्ग की सीमाएँ।

संरचना की दृष्टि से, यह नाटक रूढ़ वृत्त का ठीक उलटा है। इसका प्रारम्भ तो होता है एक मृत्यु से और मरनेवाले के प्रति शोक

से, और अन्त बहू के शिशु के जन्म से ही नहीं बल्कि उसके अपने जन्म से भी होता है जिससे उसकी सार्थकता सिद्ध होती है।

यहाँ दो दुनियाओं का वैषम्य उभरकर आया है–एक ओर तंग, अँधेरी डरावनी, जीर्ण-शीर्ण हवेली है जिसमें सामन्ती समाज के दमघोंटू जीवन मूल्य हैं, तो दूसरी ओर एक खुली धरती को बिछौना और आकाश को ओढ़ना बना लेनेवाली सड़क-मजदूरों की कबीलाई जिन्दगी है। नाटक की शुरुआत रुद्ध सामन्ती समाज के प्रभुत्व से होती है लेकिन बहू के संघर्ष और उसकी दृढ़ता के फलस्वरूप इसके स्थान पर दूसरा पक्ष प्रबल होता जाता है और अन्ततः निर्णायक शक्ति के रूप में उभरता है।

ऊपर-ऊपर से देखने पर लगता है नाटक में रंगीनी है, आनन्दमयता है, ध्वनि है, संगीत है। लेकिन सतह के नीचे है कड़ा संघर्ष और स्थापित मूल्यों पर चोट। यही वह तत्त्व है जिसने अन्ततः छात्रों को आकृष्ट किया और उनमें से कुछ की तो जीवन-धारा ही बदल दी।

त्रिपुरारी की अपनी प्रस्तुति में, पात्रों के, विशेष रूप से बहू के, अधिकांश सूत्र अन्तरमुखी थे। अब हमने उन्हें बहिर्मुखी बनाया ताकि वे दर्शकों की संवेदना को छू सकें। मंच-सज्जा खुली हवा में थी, पृष्ठभूमि में कालिज बिल्डिंग के पीछे का प्राकृतिक टीला था, और हवेली की टूटी-फूटी दीवारों को संकेतित करने के लिए खम्भों के रूप में दोनों तरफ नीम के दो तने थे। पीछे एक बड़ा दरवाजा। और उसके बाहर वह सड़क जो बाएँ घूमकर मन्दिर के बगल में आती है और दर्शकों के बीच तक चली जाती है। बीच-बीच में सुनाई पड़नेवाला सड़क-मजदूरों का गीत नाटक का केन्द्रीय गीत है, जो यात्रा में आगे बढ़ते रहने का द्योतक है। उस सड़क पर जब रामदत्त बहू से पूछता है–'सबकुछ पा लिया?' तो वह उत्तर देती है–'ढूँढ़ रही हूँ।'

2

जनवरी 1983 'कमिटी फॉर द पोर्ट्रेयल ऑफ विमेन इन मीडिया' ने जब एक नाटक प्रायोजित करने का निश्चय किया, तो त्रिपुरारी ने 'नाटक में एक और नाटक' की अस्पष्ट-सी कल्पना सामने रखी,

और उस पर बात की। साहित्य और नाटक में, या यों कहें कि परम्परा से प्राप्त ग्रन्थों में, नारी को सामान्यतया किस रूप में चित्रित किया गया है? यह थी 'अक्स पहेली' की शुरुआत।

थोड़े ही समय में हम कुछ लोग एकत्र हुए और इसका पाठ किया। सभी की प्रतिक्रिया थी कि नाटक बहुत भारी, शब्दाडम्बर से भरा हुआ, अति यथार्थवादी है, हालाँकि विचार एकदम स्पष्ट हैं। दरअसल, त्रिपुरारी खुद इससे सन्तुष्ट नहीं थी। हम लोग ऐसी कोई चीज चाहते थे जिसका ढाँचा गैर-यथार्थवादी हो।

इसी तरह एक महीना बीत गया। त्रिपुरारी ने इस बार बिम्बों का जो एक बुनियादी कोलाज सामने प्रस्तुत किया, उससे हम सब उत्साहित हुए कि इन बिम्बों पर काम शुरू किया जाए। और बहुत जोरों से काम शुरू हुआ–पाठ किए गए, सुधार किए गए, सहभागियों ने सुझाव दिए, और त्रिपुरारी जोड़ती, घटाती और सम्पादन करती रही। और पहली प्रस्तुति से एक सप्ताह पहले तक बराबर यह प्रक्रिया चलती रही। फिर भी हमने महसूस किया कि आलेख बिलकुल पूर्ण नहीं है और इस पर अभी और काम होना चाहिए। वर्तमान आलेख में कुछ अधिक विस्तार है–उन दो दृश्यों में, जो प्रस्तुति-आलेख में मूलतः एक ही दृश्य में समाहित थे। हालाँकि मूल दृश्य पर कुछ लोगों ने जगह-जगह अस्पष्ट होने का आरोप लगाया था और कहा था कि कई बार स्थितियाँ बहुत आकस्मिक रूप से बदलती हैं और बहुत अधिक अनकहा रह जाता है, लेकिन वह सच्चे अर्थों में प्रस्तुति-आलेख था। वर्तमान आलेख में अनेक अ-वाचिक बातों को वाचिक बनाया गया है–कई बार तो भंगिमा का प्रभाव कम करके भी शब्द रखे गए हैं। फिर भी धारणा यही है कि नाटक में और अधिक विकास और परिवर्तन की सम्भावनाएँ हैं–यह मुकम्मिल नहीं है। यह सवाल उठाता है–पहले से तैयार समाधान प्रस्तुत नहीं करता। और यही बात महत्त्वपूर्ण है।

एक छोटे कस्बे की नाटक-मंडली में, जो पारम्परिक नाटकों के मंचन में निष्णात है, बाहर से एक युवा निर्देशक आता है और उनके काम को नए अर्थ देने की कोशिश करता है। लेकिन उसका सारा योगदान रंगमंचीय तत्त्वों तक सीमित रह जाता है। 'अक्स पहेली' में दो प्रकार के पात्र हैं। एक प्रकार के पात्र दो स्तरों पर अभिनय करते हैं और दूसरे उत्प्रेरक या व्याख्याता के रूप में काम

करते हैं। पहले प्रकार के पात्र कैकेयी, दशरथ, सीता, मन्थरा, लैला, मजनू की आख्यानक भूमिकाओं में अभिनय करते हैं। लेकिन ये पात्र, दूसरी श्रेणी के पात्रों सहित, स्वयं भी आख्यानक हैं, जिन्हें अभिनेताओं ने अभिनीत किया है। लेकिन दूसरी आख्यानक भूमिकाएँ जीवन और यथार्थ के अधिक निकट हैं, और ऐसा प्रतीत होता है कि पहले स्तर के आख्यान पर प्रश्नचिन्ह लगाते हुए, अभिनेता अपने-आपसे सवाल कर रहे हैं और आशान्वित हैं कि ये सवाल दर्शकों तक पहुँच गए हैं।

पूर्वाभ्यास की एक रात। तीन मुख्य भूमिकाओं में अभिनय करनेवाले तीन नारी-पात्रों के लिए यह कशमकश की रात है-एक ऐसी रात, जिसमें एक समूचा जीवन जिया जाता है और पूर्वाग्रहों की शताब्दियाँ उद्घाटित होती हैं। उनके जीवन में उपस्थित संकट का बोध उभरता रहता है-क्या राय/दशरथ को मिली स्वीकृति में मैत्रेयी/कैकेयी का भी हिस्सा होगा? क्या देव से मुलाकातों की याद ताजा होने पर भी किरण/सीता सीता-जैसी रह सकती है? गज़ाला/लैला के जीवन में प्रेम का स्थान कहाँ है अगर उसे अपने परिवार के भरण-पोषण के लिए नौकरी करने किसी दूसरे शहर में जाना पड़ता है?

परम्परित ग्रन्थों में जो चरित्र मिलते हैं, उनके प्रतीक लोगों के मन में एकदम रूढ़ हो गए हैं (हालाँकि उनकी रचना के समय रचनाकार का उद्देश्य उन्हें वैसे अभिप्राय देना नहीं रहा होगा)। इन चरित्रों पर शंका करने और उन्हें व्याख्यायित करने का सिलसिला पात्रों के अपने द्वन्द्व से ही शुरू होता है। और पूरे नाटक में ये स्थितिपरिवर्तन चलते हैं-पात्रों के अपने जीवन में जो 'है' उसके अनुरूप वे उन प्रतीकों को तोड़ते रहते हैं। छोटे कस्बे की मंडली से ऊपर उठकर नाटक समय को मापनेवाली अनेकानेक प्रतिमाओं में विभक्त हो जाता है।

फिर नाटक में कुछ और प्रतीक भी हैं-किरण की कठपुतलियाँ, धनुष, घुँघरू और नृत्य के पदनिक्षेप से उत्पन्न ध्वनि-प्रतीक ऐसे हैं जो आमतौर पर स्त्रियों से ही सम्बद्ध हैं।

तथापि, नाटक मात्र विचार के स्तर पर नहीं टिका हुआ है, चरित्र आख्यानक होते हुए भी वास्तविक 'हैं', जिनसे टकराती है पात्रों के दैनन्दिन जीवन की अति-वास्तविकता-राय की पत्नी

कल्पना का आत्मनिषेध, अजीत की ईर्ष्या, संगीत मास्टर का गज़ाला से रूखा व्यवहार, किरण की देव के साथ दोस्ती पर बेमानी छींटाकशी, मैत्रेयी का अलगाव और अजनबीपन।

दोनों श्रेणियों के आख्यानक पात्रों में सम्बन्धों की अवतारणा भी अलग-अलग धरातलों पर है। इनमें एक धरातल है पात्रों के पारस्परिक सम्बन्धों का और दूसरा उन भूमिकाओं के साथ उनके सम्बन्धों का जिन्हें वे अभिनीत कर रहे हैं। इन धरातलों में परस्पर अत्यधिक तीव्र गति से स्थितिपरिवर्तन होते हैं, जिनसे नाटक दिलचस्प और विचारोत्तेजक बन जाता है।

प्रस्तुति के समय भी हमने आलेख के खुलेपन को ध्यान में रखा है। मंच के दो ओर ही नहीं बल्कि तीसरी ओर भी आधी दूरी तक दर्शक बैठे हुए थे, अभिनय का स्थान दो स्तरों पर बनाया गया था। रूढ़िमुक्त ढंग से निर्मित दो कमरों में रंग-बिरंगी साड़ियों के परदे लटक रहे थे, मंच का साजो-सामान लकड़ी के 'दरख्तों' पर टँगा हुआ था-अभिनेताओं के लिए पूरी तरह खुली जगह थी।

एक महिला नाटककार, इतनी कम उम्र की, और वह भी रंगमंच से जुड़ी हुई (त्रिपुरारी निर्देशन और अभिनय भी करती है)- इन सारी बातों ने दोनों नाटकों को सामयिक और महत्त्वपूर्ण बना दिया है। एक ऐसे समय में जबकि नारी आन्दोलन मुखर हो रहे हों, नुक्कड़-नाटकों में स्त्रियों से सम्बन्धित समस्याओं को उठाया जा रहा हो। यहाँ दो नाटक प्रस्तुत हैं, जिनमें उच्चकोटि की मंचनीयता है और जिनका बारम्बार प्रस्तुतीकरण और दूसरी भाषाओं में अनुवाद होना चाहिए।*

दिल्ली
31 जुलाई, 1984

-रति बार्थोलोम्यू

* मूल प्रस्तावना अंगरेजी में लिखित। हिन्दी अनुवाद : मोहन गुप्त

बहू

पात्र-परिचय

बहू : नाम उमावती। 22-23 वर्ष की, फुर्तीली औरत, अनपढ़, लेकिन आसपास और लोगों के व्यवहार के प्रति संवेदनशील।

रामदत्त : ब्राह्मण जमींदार। उम्र 24 के आसपास। बहू का देवर, जिसका किशोर भोलापन धीरे-धीरे रोबीले जमींदार में बदल जाता है।

किशना : रिश्ते से रामदत्त का भाई, अनपढ़। उम्र 17-18 पर हाव-भाव में बचपना-चाल-ढाल में पंगु और दिमाग पूरा विकसित नहीं।

श्रवण : रामदत्त का मुंशी। उम्र 34-35, अविवाहित। शातिर है। सारा हिसाब-किताब जानता है और ब्राह्मण घर की दौलत-मर्यादा से कुंठित।

हरबंस : सड़क पर काम करनेवाला जाट। उम्र 50 के लगभग। हँसमुख, पर दो-टूक पक्की बात करनेवाला।

निहाला : हरबंस का साथी, दस-बारह साल छोटा।

माँ : रामदत्त की माँ। उम्र पचास के लगभग, पर ज्यादा बूढ़ी दिखती है। अक्खड़ मिज़ाज। कम बोलती है, पर उसका देखना-भर ही काफी है।

ताई : रिश्ते से माँ की जेठानी और पड़ोसन। तेज मिज़ाज। उर्म 60 वर्ष के ऊपर, पर अन्दाज़ में रोब बरकरार है।

सत्तो : अठारह-उन्नीस साल की गाँव की साधारण औरत, रामदत्त की पत्नी।

तारो : हरबंस की बेटी, उम्र 13-14 वर्ष।

दूसरी औरत : बहू के पति की रखैल।

तारो की माँ, अन्य मुज्यारे और गाँववाले।

अंक एक

पहला दृश्य

[नाटक की पृष्ठभूमि में विकास की ओर अग्रसर होता पंजाब का एक गाँव है। एक सिरे पर सड़क बनाने का काम काफी तेजी से चल रहा है। सड़क मंच से दर्शकों के बीचोबीच निकलती है। दूसरी तरफ मध्यमवर्गीय ब्राह्मण जमींदार की पुरानी, दोमंजिली, मजबूत हवेली। बीचोबीच एक ऊँचा फाटक है, जो आँगन में खुलता है। एक ओर रहने के कमरे और रसोई, कुछ अलग हटकर एक मन्दिर, जिससे भी बाहर जाता हुआ पतला-सा रास्ता। उठने-बैठने के लिए आँगन खुलकर इस्तेमाल होता है-चटाई, चारपाई, चर्खा। अनाज के घड़े और दीवार पर औरत के हाथ के सफेद छापे वहाँ की समृद्धि को व्यक्त कर रहे हैं। फर्श कच्चा है और गोबर-मिट्टी से लीपा गया है। कमरों से लगा भाग बाकी आँगन से थोड़ा ऊँचा है। छत और ऊपर के कमरों की आती-जाती तंग सीढ़ियाँ। रसोई और ऊपर की मंजिल से कुछ खिड़कियाँ आँगन में झाँकती हैं।

गायक मंडली और अन्य कलाकारों के लिए मंच का एक भाग रखा जा सकता है। मंच-परिकल्पना यदि खुले आसमान के नीचे हो तो उससे नाटक को बल मिलेगा।]

गीत : भीगी रात में सूके पत्ते,
अम्बरों में पीली रोशनाई
सोती चिडी आलने में से
सड़के गिरी धरत द ऊपर।
खाली पसरे खेतों पर
राख दी परत है छाई।
भीगी...
बिजली कड़की अम्बरों में,

बुड्डा पीपल टूटा जड़ से,
रोती-रोती रात सो गई।
आँसुओं दी झड़ी लगाई।
भीगी...
काली रात में उड़ती खाक,
खड़काती सोते हुए घर द्वार
लड़ से बहती लहू दी धार,
करमों ने ली अँगड़ाई
पड़ी तरेड़ दहलीज दे ऊपर,
धूप से ले थोड़ी गरमाई,
भीगी रात में...

[इसी दौरान घर के हिस्से में प्रकाश फैलता है। गीत का स्वर धीमा पड़ने लगता है।]

चाँद था पीला,
तारे भुनते,
धरती पे आँधी-सी आई
लहू मिट्टी में रुक जाता है
डालों पे से छँटती रात,
भीगी रात...।

[घर के हिस्से में धीरे-धीरे प्रकाश फैलता है। तीन प्राणी–बहू, रामदत्त और श्रवण–आँगन के एक कोने में हैं। आपस में ज्यादा दूरी नहीं है, घर पर बैठने के अन्दाज से लगता है, जैसे एक-दूसरे से कटा रहना चाहते हों। बहू का चेहरा उड़ा है और घबराहट हरकतों में साफ है। रामदत्त भी बौखलाया हुआ है, सिर्फ श्रवण नियंत्रित लगता है। पीछे का फाटक थोड़ा-सा खुला है। पौ फटने के पहले का कोहरा उसमें से झाँक रहा है। बैसाख से पहले के दिन हैं। कुछ देर मंच पर चुप्पी रहती है, जिसे रामदत्त तोड़ता है। तीनों दर्शकों के काफी पास हैं।]

रामदत्त : गाँव जानना चाहेगा–यह कैसे हुआ।

श्रवण : सो तो है। मौत कोई छोटी बात है। सवाल पे सवाल। *(बहू की ओर चेहरा मोड़ता है।)*

बहू : *(उससे चेहरा छिपाते हुए)* इधर न वेख। मेरे पास क्या जवाब?

श्रवण : कुछ तो कहना ही पैगा। छुटकारा न ढूँढ़ो।

रामदत्त : वैसे, रात तुफानी थी। काली शा हनेरी।

श्रवण : सवाल वही है–उस तुफान विच वो बाहर क्यों गया?

बहू : नहीं, मैं नहीं जानदी।

रामदत्त : असी नहीं जानदे। कैसे जान सकदे हैं। दिमाग उसदा, रात उसदी–फेर उसी दी मौत।

श्रवण : *(इस जवाब से टलता नहीं।)* आदमी कले जीता है क्या? होर कल रात वो जिन्दा था।

रामदत्त : वो कैसे मरा, असी वाकई नहीं जानदे। लेकन ऐहोजी रात विच वह बाहर क्यों गया? *(फाटक की ओर घूमता है।)*

श्रवण : बहू जी।

बहू : मैंनू कुछ नहीं पता। यकीन ही नहीं हो रहा...

रामदत्त : *(बहू से)* अन्दर जाके, उसदी शकल तो वेख ले...

बहू : डर लगदा है।

रामदत्त : आखर, वो तेरा आदमी था।

बहू : *(कड़वाहट दबाने की कोशिश में स्वर सामान्य रखती है।)* उसदी माँ उसदे पास है। वो उसी का था। मेरे लिए वहाँ जगह नहीं।

रामदत्त : लेकन इक बार तो–इस आखरी बार...

बहू : मैं सर से पाँव तक काँप रही हूँ। दूरी दा मतलब मौत नहीं था, उसदा कत्ल चाहना नहीं...

रामदत्त : वह कत्ल नहीं था...

श्रवण : कौन जाने। रात को मुज्यारे खुले फिरदे हैं।

बहू : *(हैरानी और अविश्वास गहरा हो जाता है। स्वगत)* कल दी रात नहीं उठेगी यहाँ से। होर मैं आराम से, बिना आँख खोले, सोती रही। सोचा नहीं, जिसके लिए इतनी नफरत है, गरजन होर तपश है–वो मर वी जाएगा–इतनी छेती, इतनी आसानी से। नहीं, उस मुर्दे को मैं आँखें भर वी छू नहीं सकदी।

रामदत्त : *(सोचते हुए)* इस घर, इस हवेली दा मालिक, कस्बे दे किसी नाले में मरे, लावारिसों दी तरह। होर मालूम ही न हो–कैसे।

श्रवण : *(उसके पास जाकर)* हुन तुसी मालिक हुए।

रामदत्त : बचपन दा सपना पूरा हुआ।...सारी जायदाद दा कला हकदार, मनशा थी, छज्जा बनवाऊँ, इधर बैठक को बदलना–पाछे की दीवारों में तरेड़ें निकल आई हैं। काफी कुछ है करने को–लेकिन मैं तैयार नहीं था, इन ऊँचाइयों में मैं इकदम कला–ओह।

श्रवण : मुज्यारे उसदा पीछा कर रहे थे।

रामदत्त : क्यों?

श्रवण : मालिक जाने–नौकर जाने। हुन तुसी हो मालिक, पूरे मालिक।

बहू : *(चौंककर)* मैं? मैनू निकाल तो नहीं दोगे?

रामदत्त : चुप नहीं रह सकदा?

श्रवण : मन कड़ा करो–काम आएगा। *(दूर से सियापा और क्रन्दन की आवाज पास आती हुई महसूस होती है।)*

बहू : सुनो, इधर आ रहे हैं, वो लोग।

[रोते-रोते गाँववालों का प्रवेश। कुछ फाटक से, कुछ मन्दिर के रास्ते से। औरतें आकर बैठ जाती हैं। आदमी बाहर ठहर जाते हैं। नैन का काम ताई निभा रही है, इसलिए रोने का हर दौर उसी से शुरू होता है।]

औरतें : *(सियापा गाने के अन्दाज में।)*
जद तेरी डोली उठा ली जाएगी...
बिना मुहूर्त दे कडली जाएगी...
अरे पूछ लें इन बैदों से बोलकर...
वादा कर गए, किताबाँ खोलकर।
जद तेरी...

[रामदत्त अन्दर से माँ को लाता है। ताई और वह गले मिलकर, दहाड़ें मारकर रोती हैं।]

श्रवण : *(बहू से)* उसदी माँ।

बहू : ताँ?

[माँ और बहू, आमने-सामने। बहू मुँह फेरकर कोने में चली जाती है। रामदत्त माँ को बिठाता है।]

औरतें : *(छाती पीटकर सियापा करती हुईं)*
मेरा पुतर पापी जग नूँ छड गया...
रोती माँ को छड गया...

गया वो रब्बा दे घर
गोदी में खेला–छाती पे सोया,
लाडला मेरा लाल।

[बहू कोने से दूसरी तरफ बढ़ने लगती है। वह अभी बीच में है कि ताई उसके पास जाती है।]

ताई : बहू।
(वह मुड़ती है।)
होनी पे किसदा बस है?
(बहू मुँह मोड़ लेती है। ताई माँ के पास लौट जाती है।)

रामदत्त : *(बहू से)* सबर से काम ले *(अपने से)* चेहरे पे उदासी या अफसोस की रत्ता झलक नहीं–लेकिन वडी बेचैन आँखें।
(फिर बहू को निहारता है।)
वैसे तू है खूबसूरत।

ताई : इसदे घर से कोई नहीं आया?

औरतें : न।
राम। राम। उनादा फरज़ नहीं बनदा? हर कोई आया है। ऐहोजे मौके पे चूकना किसदी शान बढ़ाए? (इत्यादि)

बहू : मेरा बाप मरा था, किसी ने सूँ ली?

औरतें : हे भगवान।
(धीरे-धीरे सुबकना)

माँ : *(छाती पीटकर)* मेरा पुत्तर।

औरतें : *(कीरना करती हुई)* मेरा पुत्तर, केसर से निखरा, दूधों नहाता–मेरा लाल।

माँ : यह तो उसदे नेड़े फटकी तक नहीं। पूछो इससे, कैसे मरा है वह–सारा जहर इसी ने घोला है।

रामदत्त : यह तो सच नहीं है।

बहू : *(और घबराकर)* क्यों कहा उसने?

माँ : बस चलता, तो गला घोंट देती।

औरतें : अच्छा। क्या यह सच है। लगदा तो नहीं। *(इत्यादि)*

ताई : लेकन वो घर पे नहीं मरा। लाश गड्ढे में पाई गई।

रामदत्त : फटा सिर। खुली आँखें–घूरता गुदड़ा–एक घड़ी दा अंजाम। शायद, पाँव फिसल गया होऊ–रात तुफानी थी।

श्रवण : फिसला तो पैर ही था। पर कैसे। किसी ने धक्का तो...

रामदत्त : चुप कर।

औरतें : *(जैसे बात दबाने को, ऊँची आवाज में सियापा करने लगती हैं।)*

अरे क्यों चुगता है, मसाँ फिर यहाँ
तुझे मिला किराए पे मकान,
कोठरी खाली करा ली जाएगी...

बहू : कत्ल है या खुदकशी। रहेगी मौत ही। वह हुन दिखेगा नहीं, हिलेगा नहीं–उसदी आवाज नहीं सुनेगी–वह छुएगा वी तो नहीं–रात-रात भर उन मनहूस आँखों से जहर नहीं टपकेगा...वह कद, वह चाल, वह शोर–हुन नहीं, होर नहीं...हाँ...वह मर चुका है। मेरी वजह से तो नहीं?

माँ : इसी ने उसनू घर से बाहर किया–घुसने नहीं दिया।

बहू : *(रामदत्त से)* तुसी चुप रहोगे?

रामदत्त : इस वकत चुप कर।

ताई : *(श्रवण से)* पुत्तर, तू ही बता–क्या हुआ?

श्रवण : *(जैसे मजबूर होकर बताना पड़ रहा हो।)* ताई, रात जब घर आया, उसनू चेता न था, चढ़ाये था। आया, होर अपने कमरे का दरवाजा पीटने लगा–होर देर तक पीटदा रहा। मेरी कोठरी पीछे है–लेकन, उस तुफान में वी शोर साफ था। पर बूहा नहीं खुला...

बहू : *(अपने को बचाने की कोशिश में)* मैं सो रही थी।

ताई : ऐसी नींद।

श्रवण : फेर वो गलियाँ बरसाता हुआ, उल्टे पाँव बाहर चला गया। मैंने खुद वेखा। बस, वकत वकत की बात है। होनी कब टली है?

ताई : शेर के मुँह बकरी डालनेवाली बात है।

औरतें : *(सियापा का तार पकड़ती हुईं)*

मरते वकत लुकमान यूँ मुझमें कह गया
यह घड़ी हरगिज न खाली जाएगी।
जद तेरी डोली...

श्रवण : घर से बाहर निकल के, वो खेत दी तरफ गया होगा।

रामदत्त : खेत पे एक छप्पर है। अक्सर वहीं ठहर जाता था।

बहू : *(भीतर की ग्लानि से अटकती हुई)* हाँ। खेत पे एक तींवी

थी। उसी के पास से वह मेरे नेड़े आता–मैं सोचूँ, अँधेरे वाद वी काम पड़ता होगा–पसीना पोंछती रही। लेकिन जब-जब जाना, तब कहा–रोज-रोज कहा। वह चुप रहा–होर फेर बुहा नहीं खुला।

औरतें : यहाँ किसदी रखैल नहीं? बड़ा घर, बड़ी शान। *(आपस में, मगर बहू को सुनाते हुए)* चाँद दे वी दाग है। लेकिन तू तो उसदी औरत थी। चाहे जिंवे रखे–तू कौन है कहनेवाली? आदमी तो आदमी है–सौ थाँ मन लग जाए।

बहू : *(स्वर शान्त और तटस्थ, चेहरा भावशून्य)* मेरी चाई ने वी यही समझाया था। पाँच साल पहले ब्याह कर, हुन गौना किया। इस बीच किसी दी तरफ नहीं वेखा। सुच्चा मन कमर से बाँध के लाई थी। उसने मेरा हक नहीं दिया–होर एक झूठे मर्द दा खालीपन भरना, मेरे बस में नहीं था।

माँ : वह चला गया–फेर वी तुझे ठंड नहीं पड़ी–डायन दा पेट नहीं भरदा।

बहू : उसने मेरे मुँह ताला लगा दिया। सारा कीचड़ मुझ पे आ गिरा है। हुन क्या कहूँ?

ताई : राम! राम! ऐसी वोटी को तो मार सुटना चाहिए। न धर्म, न लिहाज।

औरत : इसदा पैर ही मनहूस है। लो, आदमी दी जान ले ली।

ताई : वाह, हुन क्यों रहेगी यहाँ। साडा रिश्ता, साडे पुत्तर से था। तू कौन है। असी नहीं जानदे–जा होर अपना रस्ता वेख।

बहू : उसदे वाद वी कोई हटा के वेखे–हाथ नहीं लगा सकदा।

माँ : साँप।

बहू : जहरीला साँप। सँभलकर रहिं, बेबे!

श्रवण : *(अपने से)* वाह, कमाल है। तींवी सँभलेगी नहीं इनसे। कैसे तुनक के भभकती है। अभी से जमीन-जायदाद दा चेता है। हिस्सा माँगेगी? बँटवारा करवाएगी?

रामदत्त : हुन सब मेरा है–सिरफ मेरा।

श्रवण : तींवी टेढ़ी है।

किशना : *(फाटक से ही)* ताई हलै न ऊँचा बोल। बड़ा वकत मिलेगा। जो गुजर गया, साडा वीर, उसदे वास्ते हाथ जोड़ लै।

औरतें : *(हाथ जोड़कर दुआ माँगती हैं। फिर सियापा पर पुनः लौट*

आती हैं) जद तेरी डोली निकाली...

रामदत्त : *(बहू के पास जाकर)* खड़ी रहेगी?

(वह उसकी तरफ देखती है।) मरे से क्या बैर। पुरखों में घुल के साफ हो गया है–अमर बन चुका है। तेरी नफरत, तेरी शिकायत उसनू छू नहीं सकदी–जग चुप है। सबने उसदे पाप भुला दिए हैं–मौत ने उसनू धो दिया है–तू वी माफ कर दे।

बहू : वो मर चुका है–उससे यही शिकायत है। उसने मेरा हिसाब नहीं चुकाया।

औरतें : *(सियापा दहाड़ते हुए)*

जद जाएगा परलोक में, तब होगा तेरा हिसाब,
फेर वहाँ क्या मुकरेगा जवाब,
बहिवा तेरी फिर निकाली जाएगी...
जद तेरी...

बहू : *(अपने अकेलेपन में)* रब्बा। साडे पे वी रहम कर। जो मरदे नहीं, जो जिन्दा रह जाते हैं–उन्हें वी चैन दे, आराम दे–शान्ति होर सुकून दे।

[क्रन्दन का स्वर बढ़ता है। प्रकाश कम होता है।]

दूसरा दृश्य

[कुछ महीनों बाद। मौसम सावन का है। आँगन के उचले हिस्से में बैठी माँ चर्खा कात रही है। मन्दिर के रास्ते से किशना बुड़बुड़ाता चला आ रहा है–हाथ में पिंजरा, जिसमें दो तोते हैं। बहू फाटक के पास टोकरी में उपले भर रही है। श्रवण चारे के लिए पुट्ठे काट रहा है। पीछे औरतें मन्दिर से आ–जा रही हैं। माहौल में तेजी और हल्कापन है।]

किशना : बिल्ली दे दो पिल्ले हुए सो हुए, साली कबूतर निगल गई। होर तो होर, ताई ने बिल्ली को खिड़की से बाहर कर दिया। (श्रवण के पास बैठता है। श्रवण चारा छोड़ उसकी बात पर ध्यान देता है।) मेरा कबूतर गया–मेरी बिल्ली गई–उसदा क्या गया? हुन भीगे तोते को लेकर कहाँ ढूँढू मौसी को? वहाँ ताई चिल्ला रही होगी। गाय से दुध कौन दोहे? दोइ लीं खुद

ही। जो हमें सताए, उसनू हम सताएँ।

[तभी मुहल्ले की एक बच्ची शैतानी से अन्दर झाँककर दो-एक उपले उठा भागती है। बहू उसे कसकर पकड़ लेती है।]

बहू : कहाँ भाग रही है–दिखा–चुड़ैल ने बुकल में उपले छिपा लिए। कहाँ ले जाएगी इन्हें। डाल यहीं। *(छीनकर टोकरी में पटकती है। लड़की कुछ बुदबुदाती है)* ओहो, नहीं है, तो लकड़ी फाड़, घास काट–मुँह क्या ताक रही है। असी ठेका नहीं उठाया–समझीं? भाग यहाँ से। भाग। *(लड़की हँसती हुई चली जाती है।)*

माँ : कौन है?

बहू : *(बाल बाँधते हुए)* कमला दी कुड़ी।

माँ : खेड री होऊ–बच्ची है।

बहू : तू तो घर ही पट के रख दे, बेबे।

श्रवण : (बहू और माँ की बातचीत में मजा लेते हुए, मुस्कुराकर किशना से) चंगा। बिल्ली दे दो पिल्ले। फिर तू तो रईस हो गया।

किशना : होर नहीं तो। सोचती होगी उसे छोड़ जाऊँगा।
(कमीज की जेब से पान निकालकर खाता है।)
पर भ्राजी, हमारी बिल्ली हमें प्यारी है। तुसी कहो, अपनी चीज कैसे छोड़ दूँ?

श्रवण : *(सटीक तंज करते हुए)* तभी उपले सोने के हो गए।

बहू : *(और मजबूती से)* हाँ, मिट्टी तक नपी है।

श्रवण : उसदी बिल्ली भाग गई–गोबर दे ढेर पे तो पंख नहीं उग आए?

बहू : *(बात बदलते हुए)* ताई दी चाबियों पर उसदी नजर है।

श्रवण : क्या बुराई है। जा काका अपना खजाना बटोर ला।

किशना : हूँ। *(पर हिलता नहीं)*

[हरबंस और निहाला सड़क पर मस्ती से गाते हुए गुजरते हैं।]

गिरदी ढेढी इक कणी,
बदली दी जनी,
मुड़के न जान्दी,

घर अपने,
मिट्टी में सनी,
बदली दी जनी,
इक कनी?

बहू : *(सौम्य स्वर में)* ये कौन है?

श्रवण : सड़क पे काम करते–रोड़ीकुट।

बहू : जानदा है?

श्रवण : लो। *(आवाज देते हुए)* ओ हरबंसेया! *(वह रुककर मुड़ते हैं!)* आ जाओ, लंघ आओ। *(दोनों अन्दर चले आते हैं।)*

हरबंस : लौ जी आ गया सावन, कल रात तूँ ही घनी झड़ी लगी है।

श्रवण : दिन खुला, तो रात पहले ही खड़ी।

निहाला : इस बार तो मिंह दा कोई हिसाब नहीं। गाँव दे गाँव रुड़ जाएँगे। घोर कलयुग माँजी, घोर कलयुग।

माँ : हाँ, पुत्तर। सड़क पे काम ठीक चल रहा है?

निहाला : वकत तो लगेगा ही।

हरबंस : पाँच–छः महीनों कहीं नहीं गए। ऊपर से बरसात दा पुआड़ा। सोच रहे हैं हुन खेताँ पे मजूरी कर लें। हम रोड़ जुहारों का क्या–जिथे दिखया तवा परात, औथे गाँवाँ दिन ते रात।

[तभी ऊपर आम के पेड़ से तारो की आवाज।]

तारो : अब्बा जरा परे होना। *(सब चौंककर उसकी तरफ देखते हैं। वह नीचे छलाँग लगाती है।)*

हरबंस : तू किथूँ आ गई?

तारो : वेख लो, कितनी वडी अम्बी, हरे पत्तों में लुकी बैठी थी। *(बहू से)* लेगी?

बहू : *(उसे ताकती हुई)* सट नहीं लगी न?

तारो : सट। मैनू । *(खिलखिलाती है। किशना से)* क्या घूर रहा है–चख के वेख? *(बहू प्रेम से तारो को निहारती है।)*

किशना : किससे पूछके तोड़ी?

तारो : *(हैरान)* पूछ के। *(फिर टालकर अम्बी खाने में मस्त हो जाती है।)*

किशना : तूने बताया नहीं।

हरबंस : रहन दे काका, मेरी कुड़ी है।

श्रवण : दरअसल, इसदी बिल्ली खो गई है, कहीं वेखी तो नहीं।

हरबंस : पालतू बिल्ली या जंगल की चुधराइन?

[सब हँसते हैं। किशना मुँह बनाकर निकल जाता है।]

बहू : निकी वी सड़क पे काम कर दी है?

हरबंस : हम सभी पे उसदी सों है।

निहाला : कम्म पूरा करके ही दम भराँगे। सड़क दा फैदा तो वेखो–यूँ समझो, अस्सी गाँवों दी जीरी इस चुंगी से होके पानीपत जाएगी।

[श्रवण से पुट्ठे काटने का काम लेता है।]

बहू : *(सड़क की कल्पना से रोमांचित होते हुए।)* सड़क लम्बी है?

श्रवण : मीलों लम्बी।

बहू : किस रंग दी?

श्रवण : काली, इकदम काली।

बहू : मिट्टी जई नहीं?

दूसरा : मिट्टी–धूल पे तारकोल बिछ्दा है।

बहू : काली, लम्बी, साँप जई, धीरे–धीरे ठुमकदी है। मैं नहीं वेखी।

तारो : तुसी साडा कबीला वी नहीं वेख्या।

श्रवण : मेरे साथ चल सकती है।

बहू : कितनी औरतें हैं?

हरबंस : हैं, बहुत हैं, ऊँची–ऊँची उटनियाँ।

श्रवण : हमारी बहूजी–सी नहीं।

हरबंस : इनसे उनकी क्या रीस। त्वाडे घर दा दूध, त्वाडे घर दी शक्कर। तुसी भागाँवाले।

श्रवण : नसीब से नसीब बनें।

[माला फेरते हुए ताई का प्रवेश। हरबंस निहाला को देख, दरवाजे पर ठिठक जाती है।]

ताई : क्यों नी, शिव मन्दिर में जागरण है। *(दरवाजे पर से माँ को आवाज देते हुए)* चलना नहीं?

माँ : कलश भरे बिना ही जो बदल फूट पड़ा। ठहर, आती हूँ। *(चर्खा समेटकर उठती है। जाते–जाते)*–बस रब ही अपना है।

बहू : तेरी तकदीर ही खोटी है।

माँ : *(बहू को ठंडी निगाह से देखते हुए)* तू जो मेरे भाग बँधी। *(मुड़कर चली जाती है। बहू कड़वाहट से हँसती है।)*

तारो : हाय राम, कैसी टेढ़ी आँख से तुझे देख के गई।

बहू : *(जैसे अपनी हँसी से चौंककर)* चली गई!

हरबंस : पानी पिला दे बिबी। *(वह अन्दर जाती है।)* पंडतों दे दिन चंगे नहीं लगदे।

श्रवण : तू क्यों मोम हो रहा है? मिटने दे हरामजादों को। मजा ले, होर तमाशा वेख।

पानी और गुड़ लिये बहू लौटती है।

वेख बीबी दा दिल। कुछ दे दे।

बहू : *(स्वगत)* तू बदल नहीं गया?

निहाला : कभी माँगा?

[वह और श्रवण हँसते हैं। रामदत्त का प्रवेश। तीनों झुककर पीछे हो जाते हैं।]

रामदत्त : बारिश में चारों तरफ कीचड़-ही-कीचड़। *(जूते फेंकता है। बहू को आँखें दिखाता हुआ)* झाडू नहीं दिया?

निहाला : *(आहिस्ता-से)* अब खिसक चलें।

श्रवण : रामसेन दे कर्ज दा कागज तैयार है। साढे तीन सौ दा। वैसे जमीन दा मोल ज्यादा है।

रामदत्त : जानता हूँ। हम कौन से महाजन नहीं हैं। *(मुस्कुराकर)* तो छज्जा बन जाएगा। लाल पत्थर दा जँगला, तराशा हुआ-बिल्कुल जब्बर दी हवेली जया।

बहू : चंगा?

हरबंस : चल रहा है?

श्रवण : चल। (चलते-चलते बहू से) बहुत रोबीले हो गए हैं साडे मालिक।

(बाहर जाता है।)

[तारो, हरबंस, निहाला गाते हुए निकलते हैं :]

रुत मींहा दी आई जी,
आदि आदि रात लसकते रहे तारे,
सखियाँ ने पिंगा पाई जी

[बहू उनको जाते देख, फाटक तक आती है। और उनके बाद, गीत दोहराती है।]

रामदत्त : *(उसे देखते हुए, अपने आप से)* बीर जी, तुसी ठीक वकत पे गुजर गए वर्ना ये औरत निभानेवाली नहीं। कितनी खूबसूरत और मलूक। आँखों से बेवा नहीं लगदी पर है वी किसी दी नहीं।

बहू : *(इतराकर, जैसे उसके देखने का अर्थ पढ़ गई हो)* बीजी को समझा दो। बात-बात पर ताने कसदी है।

रामदत्त : वो बुड्डी है। तू सबर कर लिया कर।

बहू : *(झाड़ू उठाकर सफाई करना शुरू करती है)* क्यों? इसदा पका नहीं खाती। बेटा मरा तो रोए अपनी किस्मत को। मुझे क्यों कोसदी है। हर वकत दी चुप गालियाँ। मुझे क्या सुख दिया उसदे सपूत ने?

रामदत्त : तू चुप रहा कर। जो गुजर गया, उसनू क्यों दोहराना? याद करने से भूत पक्के हो जाते हैं। जी नहीं लगदा तो अपने पेके चली जा। किसने रोका है?

बहू : यही तो चाहते हो। लेकन नहीं जाऊँगी। बाप मेरा मर गया-बस चाई होर वीरजी। उन पर बोझ नहीं बनूँगी। औरत दा घर उसदा ससुराल। होर मैं हिलनवाली नहीं।

रामदत्त : बीजी को लगदा है, तेरा कोई हक नहीं बचा। तू चली जा। वैसे भी तींवी दा क्या हक। जायदाद प्यो से पुत्तर को जाए।

बहू : *(अवाक्)* होर मैं?

रामदत्त : जायदाद का क्या करेगी। रोटी-कपड़ा ही चाहिए न। *(चौपड़ निकालकर बिछाने लगता है।)* कचहरी से पूँछ आ-यही मिलेगा। ऊँचा-ऊँचा बोलने का कोई फैदा नहीं।

बहू : हाँ, ऊँचा बोल लेती हूँ, लड़ाकी हूँ, लेकन जरा समझकर तो वेखो। मेरे आदमी ने क्या दिया। दुनिया में बाँट के मेरी हिक में जहर भरता रहा। रोकना चाहा, ते बेकाबू होकर मारने-कुटने लगा-फिर रात-रात भर उन्हीं हाथों से मेरी छिली खाल नोचता रहा। कितना मीठा, नीले बुल्लो पे गर्म साँसों दा बोझ। कलेजा फट गया-लेकिन अँधेरे में कली सड़दी रही। किसी ने मुड़ के पूछा? होर, उसदे बाद मेरा वी जैसे सब कुछ मर-खप गया हो।

रामदत्त : *(अचम्भित)* इतनी आग होर सुर्खी। होर ऊपर से एकदम चुप।

बहू : यह सूनापन समझ सकता है?

[दोनों एक-दूसरे की ओर मुड़ते हैं। किशना आता है।]

किशना : वीर जी, बिल्ली मिल गई। भरजाई इसे दूध पिला दे।

बहू : *(लेती है)* बिचारा।

किशना : बिचारी को ताई ने निकाल दिया। सो मैं वी नहीं गया।

रामदत्त : छड दे ससुरी को-कौन-सी सगी ताई है?

किशना : वीर जी, उसदा कोई बाल नहीं। दो साल से मैं टिका हूँ, पर बुड्डी जल्दी मरनेवाली नहीं।

बहू : वह चंट है।

किशना : मैं वी सीधा नहीं।

[बहू रसोई की तरफ जाती है। रामदत्त और किशना चौपाल बिछाकर बैठते हैं। रामदत्त कुछ पंक्तियाँ गुनगुनाता है। किशना भी। हुक्का भी चलता है। खेल चलता रहता है।]

बहू : *(रामदत्त को निहारते हुए)* कितनी भरी है तेरी जिन्दगी। फुर्सत में वी रंग है। तींवी के पास क्या? खाली घर, होर वह भी रुड़ चुका हो, तो? मैंने तुझे पास से वेखा है।...सुन, अज बारिश में पूरा गाँव नहा गया। यह पीपल...मैं...होर तू?

[दूर कहीं लड़कियों की किशोर आवाज में समवेत गान]

दिल दरया समुन्दरों डूँगे,
कौन दिलाँ दियाँ जाने,
विच्चे चप्पू, विच्चे बेड़ी,
विच्चे वंज मुहाने,
जिन्नीयाँ तन मेरे ते लग्गियाँ,
इक लगे ते जाने,
नंगे पिंडे मेरे घमका लगियाँ,
रोन्दे नैन निमाणे।

[धीरे-धीरे प्रकाश बदलता है। बहू उनके पास आती है। किशना बिल्ली लेकर चुपचाप चला जाता है। वह वहीं ठहर जाती है। वक्फा।]

बहू : उसदी मौत होनी है न?

रामदत्त : बार-बार वही सवाल।

बहू : उस रात दा साया पीछा नहीं छोड़ता।

रामदत्त : सपनों से कौन बचा है। साडे करम, साडे मत्थे।

बहू : जिन्दा होके वी जी न सकना।

रामदत्त : उसदी आँखों में डर था।

बहू : हवस।

रामदत्त : *(अपने आप में)* रोम-रोम चीखदा है। वह मेरा वीर था। यही खून, यही चमड़ी। हुन मैं उसदी जगह। श्रवण कहता है-नहीं। मुझे वी लगदा है, (बहू से चिल्लाती आवाज में) वह मुज्यारे, रोड़ीकुट क्यों आते हैं यहाँ? क्या चाहते हैं?

[बहू हँसती है। रामदत्त अपने में लौट आता है।]

रामदत्त : स्वाह नहीं रुकती-बालू जहाँ पानी नहीं। होर तू *(वह पास आती है)* लम्बे घने बाल, होर गहरी काली आँखें।

बहू : *(जो उसे ध्यान से देख रही है)* कौन कहता है, तींवी को मर्द के प्यार दी लोड़ नहीं। आ प्यार कर-मर्द दा पहला होर सारा प्यार, जो मैंने जाना नहीं-जिससे मैं नहा के साफ हो जाऊँ। छन के हवा हो जाऊँ, मिट्टी हो जाऊँ। हनेरे में डूब के जागूँ...हौले...हौले...

[दोनों एक-दूसरे को पढ़ने की कोशिश कर रहे हैं। कभी पास होते हैं, कभी दूर। संवाद-जैसे मन-ही-मन में हो।]

रामदत्त : अपना कलापन भरना चाहती है? मुझसे। असी एक-दूसरे दे नहीं। उसदी नजर में जादू है।

बहू : जो नहीं मिला, उसदी आस है।

[दूर कहीं शंख। रामदत्त झटके से दूर हटता है।]

रामदत्त : *(दर्शकों के बहुत पास आकर)* लेकन मैं। असी, यह घर जाट जुहारों दा नहीं। बामण हैं। पिंड से जुड़े हैं। रिश्तों से बँधे हैं। ये दीवारें-ये घर जो हुन मेरा है-उससे जुड़ी मरज्यादा वी तो मेरी है...

[भीतर जाने लगता है।]

बहू : *(तीखा होकर)* बीबा पुत्तर बना रहना चाहता है? तेरे जिसम में उबाल नहीं? *(अपने से)* आँखों में चाहत है।

रामदत्त : *(अपने से)* मानता हूँ, उसदी तरफ खिंचा हूँ। क्यों रगों को हिला दिया? इस फाटक दे आगे-उससे अलग मेरी पहचान होगी-मुझे नहीं मालूम। हुन तक खड़ी है। कुछ वी पार करना सौरवा नहीं- संस्कार जो...सुना, कोई वेख रहा है-चिमगादड़ *(शंख स्वर)*

बहू : हे रब्बा, उनाँ ते रहम कर, जो जिन्दा हैं, कले हैं। सानूँ चैन दे, सहारा दे-झोली-भर भीख दे। *(अन्दर की ओर जाने लगती है।)*

रामदत्त : दीवार नहीं तोड़ सकदा-गद्दार नहीं हूँ। ब्याह दी घड़ी से तुझे वेख रहा हूँ। थक गई है तू लेकिन वीरजी-पहली बार जब तुझे देखा था, वो जिन्दा थे। मुझे उनकी सौं। असी जाट नहीं। मन्दिर दा लेखा-जोखा सबको नहीं मिलदा। *(बड़े मकान को घूर-घूर के देखते हुए)* सीढ़ियाँ कहाँ खो जाती हैं-खिड़की बारियों में मेरी आँखों जई आँखें-तहखानों में रात जग रही है। उसने अपने को सौंपा था...वो सो चुकी है।

[फाटक बन्द करता है। मुड़ता है। वह कमरे के दरवाजे पर उसकी तरफ बढ़ती है। वह भी रुक नहीं पाता। हाथ बढ़ाता है, वह पकड़ती है। आगोश में भरता है।]

रामदत्त : घने खुले बाल होर गहरी काली आँखें। मुझे ढूँढ़ रही हैं।

बहू : जनम दा बौझ उँडेल दूँ?

रामदत्त : इसका माथा एकदम सूना है-किस हाल में मुझ तक पहुँची है।

[अपने और करीब ले आता है। उसके कन्धे पर सिर रखते ही वह फूट-फूटकर रो पड़ती है-जैसे इतने दिनों का जमा दर्द पिघल गया हो।]

तीसरा दृश्य

[फसल-कटाई का समय। आँगन में गाँव की लड़कियाँ जीरी वगैरह जमा-सुखा रही हैं। कुछ छाज चला रही हैं-दो-एक ओखली में काम कर रही हैं। फाटक के

पास नाई, कुम्हार, और कुछ मुज्यारे बैठे हैं। श्रवण बही खोले बैठा है। चरखे के पास माँ और ताई। बहू मजदूर औरतों के पास सेंवई बट रही है।]

लड़कियाँ : *(काम करते हुए)*
मेरी साँझी दे होरा दारा चावल दी मुट्ठी–
पेरया ने प्रेम वीरा, सोने दी गुट्ठी
तेरे किने रे गढाई, मढाई, किने मोल चुकाया...
मेरी साँझी दे...

श्रवण : *(बही देखते हुए)* जीरी, पैंतालीस रुपए दी–मोतीचन्द ने भेजी। क्या फैदा भाई। अन्धे कुएँ में मुट्ठी–भर रेता। हूँ मुज्यारा रामफल–अधी–बटाही। बाकी अंधी? खा गया। (आदमी हँसते हैं) लाते लाओ, लेते जाओ–हिसाब नहीं मुकदा।

[तारो अमरूद लिये आती है।]

तारो : राम–राम माँ जी। ताई क्या हाल है? अब्बा को लेने आई हूँ। स्वेरे दे बैठे हैं।

ताई : चूही जितनी है नहीं, चौकीदारी करेगी।

तारो : चूही को कुतरते नहीं वेखा।

[बहू के पास जाकर अमरूद देती है।]

ताई : तुझे वी मिलापड़ी सेहली लब गई।

[मन्दिर की ओर से किशना आता है।]

किशना : लौ जी, यहाँ भी वही हाल। जहाँ जाओ यही भीड़। हमारे वेडे में भी मुज्यारे पसरे बैठे हैं। ताई है पक्की ढीठ। एक बात नहीं मानती। *(मुज्यारों की दबी हँसी)*

श्रवण : बटाही का तुझे क्या मिला?

किशना : मैं मुज्यारा थोड़ी हूँ।

श्रवण : छोबी दा कुत्ता न घर दा न घाट दा।

किशना : वेखीं, जब सारा कुछ मेरा होऊगा।

ताई : *(अपनी जगह से)* सपने वेखो, मरन जोगे के।

किशना : तो क्या खड्डे में फूँक जाएगी?

निहाला : जद जाएगी, तद जाएगी–अभी तोते पाल।

किशना : मेरे तोते मेरे हैं–हाथ न लगा–

हरबंस : राजकुमार, बडे कद होऊगे?

तारो : मेरे बुढ़ापे तक आसार नहीं...

श्रवण : *(दर्शकों को शामिल करता हुआ–अपने से)* जद होगा, हो जाऊँगा। तुसी सब इक हो–राजकुमार। मुलायम, नाजुक, भोले–भाले, रेशम दे गुलगुले। न हड्डी न मांस। किसी दी वसीयत से मालिक हो जाते हो। रायसाहब दे मुंडा पैदा हुआ तो उन्होंने इस मन्दर दे पुजारी वास्ते हवेली बनवा दी–होर साथ में इक्कीस किले जमीन। बामन खाली पुजारी नहीं–होर हुन मन्दर सिर्फ निशानी–भर है–जमींदारी से फुर्सत कहाँ? सब जानता हूँ। पीढ़ियों से इनका हिसाब किताब देख रहे हैं असी लोग। लेकन साडे भाग नहीं बदले।

बहू : *(जैसे विचार पढ़ गई हो)* जाना चाहता है तो पोटली बाँध होर रस्ता नाप।

श्रवण : जाऊँगा–लेकन इनको बख्शे बिना नहीं।

बहू : इतनी नफरत किसलिए?

श्रवण : *(दर्शकों से)* रामदत्त मुझसे छोटा है। क्या कद है उसदा? लेकन मैं उसदा मोहताज नहीं। सड़क बना रहा हूँ, अपने लिए रास्ता।

बहू : वे चला जाएगा। लेकन असी नहीं जा सकना।

[एक औरत गाती हुई दोनों के बीच से निकलकर सम्बन्ध तोड़ती है।]

हरबंस : भ्राजी, कितनो देर होर बैठिए। खैरात लेने तो नहीं आए।

निहाला : बैठे रहो, वरना पानी फिर जाऊगा। जो मिले लै लो, वरना अपना ही घाटा है।

किशना : रामलीलावालों ने बोरे मँगाए हैं।

श्रवण : बाँध ले। *(बहि पढ़ते हुए)* चम्पा, तेरे घरवाले पे दो सौ तीस चढ़ गए इस बार।

चम्पा : चढ़ने दे। बैल ही धोखा दे गया–कौड़ी–भर दा मैनू क्या ले दे।

श्रवण : हमसे कह के वेख।

चम्पा : न काम न धाम।

किशना : पकड़ा इसे बही–खाता–मोटा अक्खर भैंस बराबर।

चम्पा : जिनका है, वही सँभाले। साडी कैसी बही, कैसा खाता।

बूढ़ी औरत : सानु क्या, कहाँ पड़े, कहाँ खड़े। एक पेट, होर दो हाथ।

कोल्हू चले तो तेल मिले। मैं इक दोपहर वी घर सो के नहीं कटी। कभी बजरी पे कभी घास पे।

बहू : मेरी दोपहर बहुत लम्बी है...हाथ वी तेरे जई हैं। बस छलनी नहीं हुए। काम मैं वी करती हूँ...लेकिन घर पे...

औरत-2 : मैनू अपने मर्द को वी पालना पड़े। हरामी पलँग से उठता ही नहीं–पिंजड़।

श्रवण : तभी शम्भू के चक्कर में है। मर्द दे न आँख, न जुबान।

लित्तो : मैं इसलिए साथ नहीं रहती। हुन आ के रोए। चल लित्तो घर चल। अरे मर गई लित्तो। हुन न आती। बस मेरे बच्चे छड जाए।

बहू : अपना बच्चा किसे नहीं प्यारा?

श्रवण : *(तपाक से)* सचमुच।

बहू : खेलते बाल, जी बहलाते हैं।

किशना : हाँ, वेखो तो–यह पिल्ला–मेरा है *(और उसके पीछे दौड़ता है, शोरगुल)*

ताई : सुन रही है।

माँ : हाँ

ताई : वोटी दे लच्छन चंगे नहीं। नीयत खराब है।

माँ : पता है। पेके जाती नहीं ढीठ। दीवार दी सीलन बनी बैठी है।

ताई : रामदत्त कैसा है?

माँ : ठीक ही है। पर कुछ कहता नहीं।

[बहू किशना को रस्सी फेंकती है।]

ताई : यह उसनू चबा जाएगी।

लड़कियाँ : *(गाती हुई)* मेरी साँझी...

ताई : दूजी वोटी ले आ हुन।

माँ : डर लगदा है। मेरा पुत्तर मेरे सामने रहे। सलामत रहे।

ताई : जुग-जुग जिए तेरा लाल, पर पराए दुध का जन्मों का बैर माना।

आदमी : कुछ तो हिसाब करो। शाम होने को आई।

किशना : सबर करो। आते होंगे–सबका हिसाब होगा।

[जाने लगता है।]

दूध। दहलीज पे रख देना।

[जाता है।]

निहाला : बहूजी, कुछ तो करो।

बहू : मुझसे क्या कहते हो, मालकन तो बेबे है। उसनू पूजो।

[माँ चौंक जाती है। रामदत्त का प्रवेश।]

रामदत्त : रमानाथ दे घर व्याह है। गेहूँ दा बोरा भिजवा दे। खाते में डाल देना।

श्रवण : उस पे पहले ही कर्ज है।

रामदत्त : सोचना मेरा काम है।

श्रवण : *(अपने में)* इतरा रोब किसलिए, होर कब तक।

रामदत्त : *(अपने में)* इसदी नजर में जहर उबलता है। *(सँभलकर)* तुझे कुछ चाहिए।

श्रवण : नहीं

[प्रतीक्षा कर रहे आदमी रामदत्त से मुखातिब होते हैं।]

रामदत्त : क्या बात है। मैं बहुत थका हूँ। कल स्वेरे आना। बख्शीश लेने नाई-कुम्हार परसों आए। आफत किस वास्ते? मर तो नहीं रहा। कटाई पूरी नहीं हुई है। राय साहब का हिसाब चुकाना है।

[माँ और ताई अन्दर चली जाती हैं।]

एक बूढ़ा मुज्यारा : *(आगे बढ़कर)* सो तो ठीक है। पर अज ही हिसाब हो जाता तो अच्छा था।

रामदत्त : *(सख्ती से)* आँखें मत निकाल।

मुज्यारा : घर खाली है।

रामदत्त : कहा न, स्वेरे आना।

मुज्यारा : जे...

रामदत्त : *(डपटकर)* सुना नहीं।

मुज्यारा : चिल्लाओ न। तरस खाओ।

रामदत्त : दफा हो जा।

मुज्यारा : पर...पर...

रामदत्त : *(और ऊँचा)* जाता है या नहीं।

मुज्यारा : *(चीखकर)* सुनो...

रामदत्त : इक कदम होर बढ़ा।

मुज्यारा : *(घबराकर)* वेखो, मैनू मार रहा, बचाओ...मार रहा...

रामदत्त : चुप कर हरामजादे। *(कसकर पटकता है।)*

मुज्यारा : खून। खून–खून–कर रहा है–मार डालेगा...

[श्रवण आराम से हुक्का पीता है। हरबंस, निहाला मुज्यारे को सँभालते हैं। माँ और ताई हड़बड़ाकर दरवाजे की ओट में हो जाती हैं।]

हरबंस : बिचारा घबरा गया।

रामदत्त : चुपचाप चला जा।

निहाला : यह ठीक नहीं है।

रामदत्त : यह शोरगुल–धक्कड़–धमकी किसलिए? खेत पर काम करके कौन एहसान कर रहा है?

हरबंस : माफ करो उसे। असी साथ ही है। वखरे–वखरे नहीं। चलो भाइयो, लालाजी ने सदके हमें नहीं बुलाया, उनका वेड़ा खाली कर दो।

[सब जाने लगते हैं।]

श्रवण : *(स्वगत)* बस घबरा गया? हर आदमी को अपना रास्ता बनाना पड़ना है। अपनी वखरी सड़क । गरीब हो, दुगनी मजूरी करो, पैसा कमाओ। सब साथ हैं–वाह। दरवाजा छोटा है–कट्ठे पार नहीं होउगे। भीड़ है तो लड़ो–मरो। लड़ाई होनी ही है। *(रामदत्त की तरफ देखते हुए)* मेरी–त्वाडी। इसी जमीन पे। एक ही अखाड़े में–तुम्हारी बामन कुंडली होर मेरी पसलियाँ।

रामदत्त : क्या चाहता है? चला क्यों नहीं जाता?

श्रवण : ऐसे नहीं।

[माँ अन्दर से आती है।]

बहू : *(जो सब–कुछ बहुत ध्यान से देख रही है।)* तू जमींदार हो गया न। इतना फरक मेरे साथ तो नहीं?

माँ : *(दरवाजे से)* तेरी वोटी लाने का फैसला कर चुकी हूँ।

श्रवण : *(फाटक पर)* वाह। *(अपने कमरे में निकल जाता है।)*

[उससे पहले कि रामदत्त कुछ बोल सके, माँ और ताई भीतर चली जाती हैं। रामदत्त और बहू चुप। फिर बहू, भरे–पूरे उस आँगन में एक ओर बैठ जाती है। रामदत्त बाहर जाने को फाटक की तरफ बढ़ता है।]

बहू : *(आश्चर्य दबाते हुए)* तू कुछ कहना नहीं?

रामदत्त : किस बारे में।

बहू : वह आ रही है।

रामदत्त : पता ही था। रिश्ता पक्का हो चुका है।

बहू : मैं भूल गई थी। ब्याह सकेगा?

रामदत्त : करना पड़ेगा। *(लौटता है)* मेरी माँ उमर लंघ चुकी है। मौत दे करीब है। उसदा इक पुत्तर मर चुका है। मैं बचा हूँ।

बहू : इस बुड्डी दा बुढ़ापा जल-मर क्यों नहीं जाता?

रामदत्त : उसनू कुछ हो गया...

बहू : यह नहीं कहा। तू मना क्यों नहीं कर देता?

रामदत्त : कैसे? हाँ। प्यार है तेरे से।

बहू : प्यार होता तो ब्याह लेता।

रामदत्त : भरजाई को? होश में है? असी बामन हैं, जाट नहीं।

बहू : मैं तेरी वोटी न सही, तेरे होनेवाले बच्चे दी माँ हूँ।

रामदत्त : जानता हूँ।

बहू : बेबे से कह क्यों नहीं देता?

रामदत्त : उसदा चेहरा झुर्रियों से लटक आया है। आँखों के गड्डों में कालिख।

बहू : उसने समझा नहीं होगा?

रामदत्त : जानदी होगी। पर कहा नहीं।

बहू : सिर्फ जुबान दा पर्दा। तू चुप रहा तो मैं कह दूँगी।

रामदत्त : नहीं, कुछ नहीं मालूम होना चाहिए। उसनू चैन से मरने दे-यह सोच के कि सब ठीक है, नस्ल बेदाग जी रही है-जी सकेगी।

बहू : *(पास जाकर)* सुन, यहाँ से भाग चलें।

रामदत्त : *(अपने में)* कैसे, क्या करेंगे-कैसे जिएँगे। सब कुछ तो यहाँ है-जागीर से जुड़ा। छड दूँ? यूँ ही? *(रुककर बहू से)* सुन, तू हमल करवा ले-एक दाई बुलाकर बच्चा गिरवा ले। वह चुप रहेगी। या कुछ दिनों वास्ते बाहर चल सकते हैं। बोल। घर बेदाग रह जाएगा-

बहू : यह पाप है।

रामदत्त : *(इल्जाम और नफरत से)* पाप दी शुरुआत तूने करी थी-तब तड़पती-बिलखती मेरे पास आई थी-तब नतीजे दा ख्याल नहीं आया? एक भूखी औरत से प्यार, उफ्। मेरा मन फट गया है तुझसे। लेकन हुन मन दी बात न कर। इस मसले को

खत्म करना है। यहीं।

बहू : *(भावुक)* तब...तब...दोनों प्यासे थे। अन्धे थे। बाढ़ पत्थरों को बहा ले गई थी–भीगी रेत पे सरसों फूट रही थी। उस रात नींद सौखी थी...मैं नहा गई...

रामदत्त : दोनों ने रात को मिल के ओढ़ा था।

बहू : होश में आ रही हूँ...

रामदत्त : *(थकी आवाज में)* माँ बहुत बुड्डी है। उससे नहीं लड़ सकदा।

बहू : *(उत्तेजित)* वह पिंजड़ तेरे पे छा रहा है–वह मौत दे नेड़े है–तो क्या मैं मौत से नहीं लड़ रही? उसदी हर नजर में उसदा मरा पुत्तर जी उठदा है। होर तू कुछ नहीं कह सकदा? कितनी ताकत है झुर्रियों में। जी करदा है नोंच डालूँ।

रामदत्त : *(आपे से बाहर होता हुआ)* बस कर, चुड़ैल। तू नहीं जानदी इस घर दा क्या रोब-रुतबा है। कालिख छूई नहीं–होर इसदी मरज्यादा साडी शान है। मुझे उसी दायरे में रहना है।

बहू : उस दहलीज पे, जहाँ लाश पड़ी थी असी दोनों जगे थे। मूरत हनेरे में लुक गए थे–मन्तर कीरतन कुछ नहीं सुना था, आँखें बन्द थीं, साडा नंगापन उस चुप्पी में झूम रहा था। हुन वह चुप्पी जीने लगी है, शक्ल ले रही है। मैं सिर्फ जहर ही नहीं...

रामदत्त : *(समझाते हुए)* वह लम्हे प्यारे थे। साडे अपने थे–करीबी के थे। लेकिन वह रातें चोरी की थीं। उस चोरी दा फल नहीं पनप सकता।

बहू : *(व्यंग्य से)* हे रब्बा। तेरा हिसाब डगमगा जाएगा?

रामदत्त : तेरे बहकावे में खेलदा रहा। ये खुले बाल होर बडी आँखें। घी दे चुपड़े गाल होर चिकनी-चिकनी बाँहें।

(वक्फा, फिर शान्त स्वर में) मेरी बात मान ले, कोई नहीं जानेगा।

[वह हँसती है। रामदत्त उसे झकझोरकर चला जाता है।]

बहू : *(कटु सहज व्यंग्य से)* तो तू शादी करेगा? कितने प्यार से कन्धे पे हाथ रखके कह दिया, मसल दे–तू जमींदार हो गया न। बाकी कुछ नहीं रहा। बेबे दा बहाना करदा है। पिंजड़, इसे मार दूँ? डरपोक, यही तेरी मरज्यादा है? रब करे, तेरी खेती

खाक हो जाए–तेरा लगा एक बीज वी न फूट पाए।

[अपने को रोक नहीं पाती। सुबकने लगती है।]

श्रवण : *(अपने कमरे से बाहर निकलकर)* बहूजी।

बहू : *(हड़बड़ाकर)* कोई है? कौन है...भूत...

श्रवण : बहूजी, क्या हुआ?

[वह उसे घूरती है।]

अंक दो

पहला दृश्य

[रात का समय। ताई और गाँव की औरतें सड़क पर 'जागो' नाचती-गाती आ रही हैं। एक ने सिर पर घड़ा उठा रखा है। उस पर थाली में आटे के दिए हैं। 'जागो' गीत :]

जट्टा जाग भई ओ, हुन जागो आईहा
शावा, बई हुन जागो आईहा
आहो बई हुन जागो आईहा।
पिंड देया लम्बरदारा, हुन जागो आईहा,
उठ खड़ कंजरा, उठ खड़ वे, जागो आईहा
शावा...
चुप कर बन्तो, चुप कर नी,
मसाँ मनाईया, लोरी दे के पाईया,
हुने सवाईया, जागो आईहा,
पंडता बहू जगा लै वे, हुन जागो आईहा
शावा...

[तब तक वे आँगन में आ चुकी हैं–श्रवण और किशना के साथ मजाक करती हैं।]

उठ खड़ किश्ना, उठ खड़ वे,
जागो आईहा...
हुन थले उठ मुरदारा,
हुन बाहर निकल गद्दारा,
उठ खड़ ताई दे यारो,
जागो आईदा...

[आँगन में चारपाई पर किशना लेटा है। श्रवण अँगीठी सुलगा रहा है। एक अलग कोने में बहू दर्शकों की ओर पीठ करे खड़ी है। वह भी गुनगुना रही है। तभी औरतें अन्दर आती हैं। श्रवण से छेड़खानी करती हुई, किशना को चारपाई से गिरा अन्दर चली जाती हैं। उनकी चहल-पहल देर तक आँगन में गूँजती रहती है। किशना हैरान, बड़बड़ाता है। बहू, हँसकर उसकी बिल्ली और पगड़ी पकड़ाती है। श्रवण आग के पास लौट आता है।]

किशना : *(लेते हुए)* भरजाई, तू नहीं गई।

बहू : नहीं।

किशना : क्यों?

बहू : यूँ ही। *(मौन श्रवण उसे देखता है)* जी नहीं किया।

किशना : अजीब बात है। घर में ब्याह होर घरवाले उदास। साडी बिल्ली मस्त है, ताई भी वेखो, झूम रही है। किसी ने उसनू भाँग चखा दी। सफेद बाल हवा में उड़ रहे हैं। *(रुककर)* सिर फट रहा है। अचानक इतनी भीड़, इतना शोर, गाना-बजाना। कौन जाने ढोल-ढमाका क्यों बज उठा है? *(बहू से)* तूने ठीक नहीं किया।

[श्रवण उठता है।]

बहू : मेरी मर्जी-जैसे भी करूँ।

किशना : यह मतलब नहीं *(श्रवण बहू के सामने पड़ जाता है।)*

बहू : *(श्रवण की ओर इशारा करते हुए)* तेरे से मेरा वास्ता नहीं है। परेशान न कर। *(श्रवण आग तक लौट आता है।)* होर तू, तू जाके सो क्यों नहीं जाता?

किशना : बीजी ने ठहरने को कहा है।

बहू : रखवाली दी जरूरत है?

किशना : पहर-दो पहर।

श्रवण : किसी को जागते रहना है।

किशना : डर की बात नहीं, फिर वी...

श्रवण : होशियार रहना होगा।

बहू : *(ऊँचा)* कोई मर तो नहीं जाएगा।

किशना : शुभ-शुभ बोल भरजाई। आज जया दिन रोज-रोज नहीं

आता। जब बरसों से जकड़े पोपले चेहरे हँसते हैं, जब ऐसे घरों में वी लोग गाते हैं–नाचते हैं। यह तो बड़ा दिन है।

श्रवण : वही बात है।

बहू : *(झुँझलाकर)* चुप नहीं रह सकदा?

[भीतर से गीत रिसया नींबू मँगा दे वे, मेरी कालजे उठी है पीड़।]

किशना : गानों में बैठने का मन नहीं है, तो सो जा। *(बिल्ली की ओर इशारा कर)* इसे छोड़ जाऊँ खेलने को?

बहू : नहीं।

किशना : तो सो जा।

[श्रवण और बहू एक–दूसरे की ओर देखते हैं। वह एक तरफ हट जाती है। श्रवण आग के पास लौट आता है। धीरे-से उसके पीछे खड़ी हो जाती है। वह मुड़ता है।]

श्रवण : *(हिमायत से)* सोई नहीं?

बहू : नहीं

श्रवण : उदास है न ?

बहू : क्यों?

श्रवण : *(झाग झलते हुए)* जो सामने है, वही कह रहा हूँ। बिल्ली से दूध छिपाती है? यह घर नया है मेरे लिए? रामदत्त को नहीं जानदा? तुझे नहीं पहचानदा? चाल भाँप सकदा हूँ। सुबह से शाम तक के खेल को देखता हूँ। वह बुड्ढी दिन–भर चर्खा घुमाती रहती है, होर रात को? उठ-उठ के दीवारों को घूरती है, चक्कर काटती है। तरेड़ों से कमरों में झाँकती है। कुण्डी पे हाथ फेर के लौट आती है। खाली खड़काती नहीं...

बहू : मतलब?

श्रवण : समझी नहीं? राज यहाँ कुछ नहीं। बोल...

बहू : हाँ, मेरा पाँव भारी है।

श्रवण : लेकिन अंजाम? कुछ सोचा? बात फैल गई तो। *(व्यंग्य से)* पंडत कहाँ के रहेंगे। तू परदेसन है–असी, जो आँख फड़कने से ताड़ जाते हैं–उनसे पूछ। बूढ़ी पहरेदारनी तुझे बख्शेगी नहीं।

बहू : क्या कर सकते हैं?

श्रवण : *(फुसफुसाकर)* सब आसान है। पिछली दीवार के साथ जो नाला बहता है, उसमें सब धुल जाएगा। गऊशाला में गड्डा करे बच्चा गाढ़ देंगे। ये लोग बहुत साफ-पाक हैं। ठंडे सियार, शोर नहीं मचेगा।

बहू : *(सहसा जगकर)* मुझे निकाल नहीं सकदे। इस सबमें मेरे खसम दा हिस्सा वी था। हुन मेरा है। मना नहीं कर सकदे। बखरी हो जाऊँ? लकीर खिंचवा के चैन से बैठूँ?

[श्रवण विजयी महसूस करता है।]

श्रवण : कह दे—लेकिन सुनना तो इन्हें है। इस हालत में तुझ पे कोई इलजाम लगा देंगे। होर हुन दूसरी वोटी आ गई है। बेवकूफ नहीं है—झट ताड़ जाएगी।

बहू : वह भोली है श्रवण।

श्रवण : तू जब आई थी, कम भोली लगती थी?

बहू : मेरा भाग अलग ही निकला। पर हम दोनों एके जई, बुहार दी पक्की अमराई *(भावनात्मक होकर)* अन्दर चाहे हनेरी दबी हो, पर जुबान न खोलो—यह न कहो कि अपना जिगर वी फटदा है।

श्रवण : *(हवा देते हुए)* पानी में कंकड़ पड़ेगा, तो वो हिलेगा ही। औरत को मर्द चाहिए—उमर के साथ दाना पककर रहेगा।

बहू : लेकन असी खेत में खड़ी लावारिस डालियाँ नहीं।

श्रवण : हवा में होर कौन झूमदा है?

[औरतें गाती बाहर निकल आती हैं। उनमें से एक ने घूँघट कर रखा है, दूसरी ने पगड़ी बाँधी है। मजाक चल रहा है—एक देवर और दूसरी भरजाई का अभिनय करती हैं। बीच-बीच में ताई और बाकी औरतें भी नाचती हैं।]

साँझ हुई, तरकाले पड़ीं,
हनेरा हो गया काला
वेणी पकड़ के अन्दर ले गया
देखा न आला द्वाला,
नी मेरी चूड़ी टूट गई थी,
नी मेरी झाँझर खनकी थी,
उसकी पगड़ी गिर गई थी,

ni मैं मिन्नत करती रही,
देवर दी खटिया पे,
नी मेरी चुन्नी फिसली थी,
देवर दी खटिया पे।

[यहाँ से गीत की लय धीमी हो जाती है। बहू दर्शकों के करीब चुपचाप खड़ी है–आँखों में असीम धीरज।]

असि अगनी खाते रहे,
असि उमर लँघाते रहे,
करमों दी कालिख को
नखूनों से धोते रहे।

[फिर लय तेज होती है।]

नी वो हँसते-हँसते ही,
मेरे दिल में बसता है।
साँझ हुई...

[गति तेज होती है। बहू अँधेरे में कहीं खो जाती है। श्रवण आग पर हाथ सेंकता है।]

दूसरा दृश्य

[दो दिन बाद। माँ और ताई, नई बहू सत्तो को मन्दिर दिखा रही हैं। खुशी से चहकती घुमा-घुमाकर अपने को भी बहला रही हैं। अलग कोने में श्रवण बही सँभाले, बहू हमामदस्ते में मसाला कूट रही है। शराब में धुत् किशना सीढ़ियों के पास ढेर बना आधा बैठा, आधा लेटा है। बीच-बीच में श्रवण कलम या झाड़ू से उसे छेड़ता है। वह छींकता है--करवट लेता है।]

सत्तो : समझ रही हूँ। तो मन्दिर बन गया। जमीन से खोदी गई देवी मूरत थापी गई। फिर?

माँ : जब राय साहब जैसे लोगों दी श्रद्धा टिक गई, तो भीड़-दी-भीड़ टूटने लगी। कभी सूर्यग्रहण, कभी चन्द्रग्रहण-बस, सब आने लगे। कोई परात-भर आटा दे गया-कोई बुकल-भर चाँदी। मेला ही लगा रहता।

सत्तो : समझ सकती हूँ। हुन वी भीड़ रहती है।

ताई : अपनी आँखों से वेखा है। अन्दर-बाहर तिल जितनी जगह नहीं बचती थी नवरात्रों में।

माँ : खेत भी ऐसे ही मिले-बीघा, दो बीघा करके। मेरी सास ने बताया-तब इस बात को पैंतालीस वरे हुए थे-होर वह उसने तब बतलाया, जब मैंने, हाँ, ये मुंदरी जो तूने पहनी है, बनवाई थी। छब्बीस-सत्ताईस साल पहले-हाँ, एक सरदार ने तीन किले जमीन दी थी, वही जो पिछले बारह वरों से कुन्दनलाल के पास है। किराए पे। पहले असी खेती करदे रहे-यही आलू, मूली, थोड़ा-बहुत बाजरा। बाईं तरफ चुंगी के परे बाग वी था।

[श्रवण किशना की नाक में कलम हिलाता है। वह छींकता है।]

ताई : *(समझाते हुए)* कुएँ दे उरली तरफ।

माँ : हाँ, ऐसी मोटी-मोटी जामुन-अमरूद दे पेड़, आम दे। *(खुशी से हँसती है।)*

ताई : हुन खुद हल जोतने दी क्या जरूरत। ऊपर दा काम ही नहीं सँभलदा।

श्रवण : होर सँभाले कौन?

माँ : मेरे जेठ थे-सन्त थे बेचारे। हाथ में चौबीस घंटे जप दी माला। सिर पे जटा होर भारी-भरकम दाढ़ी। आवाज-बस हिला दे। मन्दर दा सारा काम सँभाल रखा था। पूजा-पाठ, मन्त्र, जाप, हवन होर बच्चों को पढ़ना-पढ़ाना, तख्ती सिखाना। *(पुराने कागज, पत्रियाँ, कुंडियाँ निकालकर दिखाती है।)*

ताई : लेकन जेठानी दी गोद नहीं भरी। बेचारे तीरथ को गए।

माँ : तो लौटे नहीं *(बहू चौंक जाती है, श्रवण ध्यान देता है)* बीस-हाँ, तब मैं यहाँ नहीं थी-मेरी ननान दा सिर फट गया था। हाँ, बीस साल हो गए।

ताई : सर्दियाँ थीं-गऊदान में सानु रेशमा मिली थी।

श्रवण : *(किशना को तुंग करते हुए)* कौन जाने कौन कैसे मरा। होर मन्दर उसदी हुन क्या जरूरत।

ताई : श्रवण, वेख भई-असी गवाह तो बैठे नहीं, पर बात सच्ची करते हैं। फेर तेरा बोलने का क्या मतलब।

श्रवण : मैंने क्या कह दिया, ताई? तेरे से हारा किशना वहाँ बैठा है।

फेर मैं हूँ कौन?

[श्रवण और किशना में छीना-झपटी।]

बहू : उसी वेड़े में, वही बातें।

सत्तो : चाई भी यही कहती थी। भला घर, भले लोग। रज के रहेगी, राज करेगी। पुराना कुनबा, ऊँची बिरादरी-अपनी खेती है, अपनी रोटी। भण्डारा ऊपर से नीचे तक भरा-ही-भरा। होर चाहिए वी क्या?

माँ : तू फिक्र न कर। कोई कमी नहीं होगी। हँस-बोल, जो तेरा जी करे, कर।

बहू : *(टेढ़ा मुँह करके)* जो तेरा जी करे, कर।

ताई : होर वी बातें हैं, पुरानी-पुरानी। इस ऊँचे घर दे किस्से-कहानियाँ।

बहू : *(दबी आवाज में)* एक किस्सा तेरे यहाँ आने का वी।

माँ : सब-दे-सब तेरे हैं।

सत्तो : *(खुशी से)* हाँ, हाँ। मेरे

माँ : तूने यहाँ के गुलाबी दिन देखे नहीं। इन्हाँनू रंग-रंगेली दा शौक था। फसल कटी तो ढोलकीवाले बुलवा लिए। बुआई खत्म हुई तो माँग करवा लिया। साथ में मुट्ठी-मुट्ठी भर मेवा बँटता था। हलवा, मिठाई की तो पूछो मत।

किशना : *(जैसे जग गया हो)* क्यों पूछो मत-सब उड़ा गए। हुन तो सप्प सूँघ गया है-न धूप, न रोशनी।

माँ : *(उत्तेजना में)* रजवाड़ों से कम नहीं रहे। शहर की बाइयाँ आ-आ के नाचती थीं। आँखें मटका-मटकाकर। मजमा लगदा। हूर दी परियाँ-कभी इधर, कभी उधर।

किशना : *(झूमते हुए)* तता थई, थई, तता थई। तिगता-तिगता थई। घुँघरू वी बाँधे, चूड़ी वी पहने-चम्पाकली आई मेरे बहाने।

ताई : चिट्टा कुर्ता पहन के, लस्सी पीने बड़े बजार गए।

किशना : बग्घी ठहरी, उतरे। वेखा। सीढ़ियाँ चढ़ गए।

सत्तो : *(आँखें चमकाती हुई)* हुन क्या कमी है? फाटक ऊँचा करवाएँगे। लाल फाटक होर उस पे देवी दी मूरत। इधर फरश-दो बारियाँ नई। पीपल पे पींग डालेंगे।

बहू : किस वास्ते?

सत्तो : अपनी जगह, अपना घर। सजाएँगे नहीं?

श्रवण : हाँ-हाँ, पराया थोड़ी है।

किशना : लाल पत्थर हूँ।

सत्ता : बेला दे फल। खिलेंगे तो महकेंगे।

बहू : *(अपने में)* सिंगार वास्ते। इसदे सिंगार को छू जाऊँ तो। रामदत्त इसदा आदमी है। हाँ है तो।

किशना : लाल पत्थर। लाल फाटक। सब बनेगा। सब होगा–*(बेहाल होता हुआ, सत्तो के पास जाकर)* ससुरी तुझे एक कौड़ी नहीं छूने देगी। बुड्डी ने रात मेंरे हाथपे कोले रख दिए–वेख। *(हाथ के छाले दिखाता है।)*

ताई : चुप पियक्कड़। आँखें यूँ निकालदा है, जिंवे बाप दी कमाई हो।

किशना : कौन-सा तूने कमाया? *(सबकी ओर घूमकर)* नवाँ नौकर लै आई। मुझसे पेट नहीं भरा। दो गुलामों पे राज करेगी। जायदाद के लारे दिखा के, मैनू बहका लाई। बर्तन माँझे, घास काटी, गोबर लीपा–सिर्फ इसदे बाद जीने को। जो कहती गई, करता गया। धूप में, बारिश में। हुन दूजा नौकर लै आई।

श्रवण : छोकरा है वो।

ताई : इससे समझदार है।

किशना : होगा। मैं बेकार हो चुका हूँ। कोल्हू दा बैल।

माँ : वापस चला जा।

किशना : आठ भाई होर तीन बहनें। वहीं से इसदे पास आया। *(कटुता से)* नवें पंख मिलेंगे। वाह? मैं बेकार रह गया। न कुछ पढ़ा न सीखा–गोबर। तेरी जमीन दा कीड़ा खा गया मुझे। क्या सोचूँ। मुट्ठी दी जीरी, पैरें दी सरसों, चिड़िया चुग गई। मैं निकम्मा रह गया–फोसड़। *(आत्मग्लानि से गला भर-सा जाता है।)*

ताई : ज्यादा नशा कर आया है। मरनजोगा।

किशना : *(दहाड़कर)* हाँ, नशा तूने चढ़ाया है। मैं बर्दाश्त नहीं कर सका। वही घेरे रहा मुझे। (व्यंग्य से) सावन दे झूले–बेला दे फूल या कोलों दे अंगय्यार।

ताई : चुप कर बे। श्रवण, बाहर कड इसनू।

बहू : जा हुन। *(सिक्का फेंकती है। किशना उछलता है, पर सिक्का*

गिरता है। श्रवण उठा लेता है–किशना उसके पीछे भागता है–वह दूसरी जगह फेंकता है। इस तरह गिरता–पड़ता श्रवण उसे घसीट ले जाता है।)

सत्तो : क्या हुआ उसे?

ताई : ज्यादा चढ़ा आया है। रुड़जाना।

सत्तो : डर लगने लगा है।

माँ : भागोंवाली मेरी वोटी, उदास न हो। चल आ, पीछे दा हिस्सा घुमा लाऊँ। (ताई से) आ नी। जवान खून के साथ थकी न। *(निकल जाती है। बहू हँसती है।)*

बहू : *(धीरे से)* जी चाहता है, इसनू जहर दे दूँ। जहर।

[जाती हुई तीनों औरतों की बातचीत। हँसी कुछ देर तक सुनाई देती है। बहू अकेली घूमती है। प्रकाश बदलता है–गीत]

साडे वेड़े अन्दर रबजी,
आज आई इक परदेसन होर,
कि वो छम–छम चले ठुमकती,
पकड़ के सुपनों की डोर।
वो तो लगती हनेरी फूलों की,
झूले पींगों के ढंग।
काले, पुराने जंगलों पे,
लगाती मेंहदियों के रंग।
ये है बहू नई इस घर की,
मैनू लगती अपना अंग।
मेरा जी बीरान हो गया,
माथा सूना, घुण्ड बेरंग,
मैं तो घर से बेघर हो गई,
उसदे पैर पड़ते संग।
वह तो छड के अपना पेकड़ा,
अपने घर आई सुसराल।

[सहसा फाटक से रामदत्त का प्रवेश। बहू को सामने पाकर हड़बड़ा जाता है। कमरे की ओर बढ़ता है। छोटा-सा घूँघट निकाल–जोर-जोर से मसाला कूटना शुरू करती है। रामदत्त बाहर निकलता है।]

रामदत्त : सत्तो नहीं है?

बहू : देवरानी जरा सैर-सपाट्य करने गई है। देवरजी को किसी चीज दी जरूरत हो तो बोलें?

रामदत्त : यूँ ही पूछा।

बहू : ऐसा क्या मन्तर फेर दिया उसने, उसी वी सुनिए, जो चारों पहर उस पे लट्टू रहने लगे। वेखो न तो पानी गले दे नीचे न उतरे।

रामदत्त : उसे ब्याह के लाया हूँ, खुश रखूँगा।

बहू : क्यों न हो, सगन सरगी से ब्याहकर लाए हो। माँ दी मंशा पूरी करो लाल ने। कितना बड़ा काम किया। होर तो होर, वोटी दे पाँव पड़ते ही माँ दे पंख निकल आए। बुढ़ापे में खेलों का शौक डस गया चुड़ैल को। गालों पे लाली नाच आई। *(रामदत्त हँसकर टालने की कोशिश करता है।)* वैसे बुरा न मनो देवरजी, सुर्खी त्वाडे चेहरे पर वी खिल आई। लाख छिपाओ, खुशी नहीं छिपदी। बस यह बता दो, कि जादू-टोने की करामात है, या ससुराल से आए मेवे-मलाई दी?

रामदत्त : मुझे घर में शान्ति चाहिए।

बहू : *(मसाला पीसते हुए)* हाय रब्बा मेरे। सुना तूने, इसनू शान्ति चाहिए, जैसे सानु कलेश में चैन मिलदा हो। जहाँ तूने बाकी बातें पूरी करीं, यह मनशा वी पूरी कर दे। बदले में चाहे साडी रग-रग में कीड़े डाल दे।

(चिढ़ाने के लिए गुनगुनाती है और जोर-जोर से मसाला कूटने लगती है।)

रामदत्त : तू बदल गई है।

बहू : *(कटाक्ष से)* बहू से माँ तक?

रामदत्त : हँस मत। फिर कहता हूँ, हली वकत है। मानती क्यों नहीं? उसमें जान नहीं है-साँस नहीं है। वह जिन्दा कहाँ है?

बहू : तू भी ऐसे ही पला था अपनी देवी-जैसी माँ के पेट में। *(पास जाकर प्रेम से)* जरा माँस दे लोथड़े में साँस भरेगी, तो वह जी जाएगा-दौड़ेगा, घूमेगा। सरसों दे बीचोबीच उसदी आवाज खेलेगी-गेहूँ बोयेगा-जीरी काटेगा।

रामदत्त : फेर मर जाएगा।

बहू : *(तैश में)* जैसे तेरा वीर। तू क्या समझेगा डंगर।

रामदत्त : तमीज से बोल औरत। तैनू मैं रख्या है।

बहू : सचमुच। मेरा हिस्सा?

रामदत्त : बेवा दा हिस्सा, सिर्फ गुजारा है–होर एक बदचलन बेवा को यह वी नहीं।

बहू : होर बदचलन बेटे को?

रामदत्त : यहाँ की हर एक चीज मेरी है।

बहू : *(चोट पहुँचाने में जैसे उसे राहत मिल रही हो)* कैसे। तूने क्या खटया-कमाया? क्या बनाया? मकान दादा ने बनवाए–खेत दान में आए–तेरा क्या है–मरे खून दा हक चाट रहा है कमीने। *(रामदत्त उसकी बाँह मरोड़ता है। वह हँसकर)* मैं सत्तो नहीं हूँ। *(छुड़ा लेती है।)*

रामदत्त : इतनी नफरत।

बहू : *(ठंडी नफरत से)* अपने बड़े वीर को तूने मारा–तू चाहता था कि वह खत्म हो जाए। लेकिन मैं तो हूँ *(इतराकर)* बताना तो जरा देवरजी, जब उसे नहलाया तो वह कितना ठंडा था?

रामदत्त : जितना मुर्दा होता है। वो बात मत कर।

बहू : मैं क्यों करने लगी? मेरा कोई वास्ता थोड़ी था उससे। बस, जैसे तेरे साथ, वैसा उसके साथ–अँधेरे बाद। *(आँख मारती है।)*

रामदत्त : तू अब वी खूबसूरत है–सत्तो से ज्यादा।

बहू : क्योंकि वह यहाँ नहीं है। पर वीर दी लाश नीली तो नहीं थी–जहर दी सताई।

रामदत्त : ऐसे मत बोल।

बहू : क्यों, मीठी-मीठी बातों की गुंजाइश है?

रामदत्त : क्यों नहीं। तब तू आई थी। मैंने प्यार किया था–पहली बार। एक औरत को चूमा था–उसदी गर्मी जानी थी। *(पास जाता है।)*

बहू : *(पीछे हटती है, घबराकर)* नहीं, हुन नहीं–हम दोनों का हक खत्म हो चुका है।

रामदत्त : क्योंकि तू कहती है। *(पकड़ता है।)*

बहू : क्योंकि मेरा जिस्म झुलसता है। *(उसे छटकती है।)*

रामदत्त : एक बार फिर कर वैसे तो।

बहू : *(कड़वाहट से)* मरों को झोंक दिया। जिन्दा बचे प्रेतों दी तो शर्म कर। *(उससे दूर हटना चाहती है–पर वह छोड़ता नहीं।)*

रामदत्त : लम्बे घने बाल होर ये आँखें *(खींचकर उसे कमरे में ले जाता है–वह छटपटाती है।)*

[पल-भर में चुप्पी। फिर माँ, ताई और सत्तों की लौटती हुई आवाजें, बातचीत और गर्व से खिली निश्चिन्त हँसी।]

तीसरा दृश्य

[प्रकाश आने से पहले अँधेरे में करवा चौथ का गीत उभरता है। प्रकाश आने पर, स्यालों की शाम है। बहुत-सी सुहागिनें–सत्तो समेत, एक घेरे में बैठी हैं। ताई कहानी सुना रही है। माँ चारपाई पर। बहू अन्दर की एक खिड़की से देखती है, फिर ओझल हो जाती है।]

गीत :

लै करवरा, लै करवरा,
लै इच्छयावन्ती करवरा,
लै लज्यावन्ती करवरा,
लै पैन सुहागन करवरा,
लै करवरा वटाया,
जवदाँ झोली पाया,
न कतिए न अटेरिए,
न घुम्म चरखड़ा फेरिए,
न सूई धागा पाइए,
न सुत्ता शौहर जगाइए,
न रूठे नूँ मनाइए।

ताई : इस तरह से जब उसने पूरा बरत किया होर चाँद निकलने पर पानी पिया, तो आखिरी सूई वी गिर गई। राजा को चेता आया होर रानी सो रानी हो गई होर गोली सो गोली।

[इसके बाद सुहागिनें फिर थालियाँ घुमाती, गाती हैं।]

रुठड़ा मनाई न,
सुत्तड़ा जगाई न,
भैन प्यारी भाइयाँ
वणखण्डी अग्गी लाइयाँ
भैन प्यारी वीराँ
चन चढ़े ते पाणी पीना।

[पूजा समाप्त होने पर सब ताई को अपनी-अपनी थाली में से 'बया' का हिस्सा देती हैं। माँ और ताई के पाँव छूकर, आशीष लेकर चली जाती हैं। माँ अन्दर चली जाती है-ताई मन्दिर के रास्ते बाहर। सत्तो चीजें समेटती है। रामदत्त, जो अब तक हुक्का पीते, दूसरी मंजिल से सब देख रहा था-अब सामने पड़े कागज-पट्टे देखना शुरू कर देता है। श्रवण के खाँसने की आवाज अन्दर से आती रहती है। फाटक पर हरबंस और तारो का प्रवेश। कोई ध्यान नहीं देता। सत्तो, चौके के अन्दर-बाहर, बर्तन सँभालती, उठाती अन्दर-बाहर हो रही है।]

तारो : *(अन्दर झाँकते हुए)* बहू जी। बहू जी।

[सुस्त-सी बहू खिड़की पर आती है और तारो को देख मुस्कुराती है।]

हरबंस : बेला तो नहीं आने का, पर दिन में...

रामदत्त : *(बीच में टोकते हुए)* श्रवण लेखा-जोखा बन्द कर चुका है।

हरबंस : *(भीतर आते हुए)* फिर खोल लेंगे जी। कौन-से मन्तर पढ़ने पढ़ेंगे।

[उधर, बहू तारो के गुंजल भरे बाल खोलने लगती है। जोर पड़ते ही तारो चिल्लाती है।]

तारो : आह, आहिस्ता...

बहू : होर न बाया कर।-सिर है, मक्खी दा छत्ता।

तारो : या कम्म कर लो, या बालों में कंघी फेर लो-आह।

सत्तो : *(बड़बड़ाते हुए)* सारे कम्म उलटे वकत ही होते हैं।

बहू : थक गई है, तो ला मैं कर दूँ।

सत्तो : बस हो चुका। *(अन्दर चली जाती है।)*

हरबंस : बीबी दा कहना वी ठीक है। पर जी अपनी-अपनी मजबूरी

है...*(बैठता है)* सड़क पूरी होनवाली है। हिसाब हो जाए तो चंगा।

बहू : वो तुमसे नहीं कर रही।

रामदत्त : *(बेमन से)* कितने दा हिसाब है?

हरबंस : पिछली बटाही दा बकाया, होर खेड़ेवाली जमीन, जो साफ कर दी।

रामदत्त : *(चौंककर)* खेड़ेवाली?

हरबंस : रोड़-पत्थर सब हटा दिए।

रामदत्त : किसने कहा था?

हरबंस : मुनशीजी ने।

रामदत्त : *(हुक्का पीकर सोचता है, फिर श्रवण को आवाज देते हुए नीचे उतर आता है।)*

सत्तो : *(अन्दर से)* उसे नहीं सुनदा।

रामदत्त : श्रवण। *(उसके उठकर बाहर आने की आहट होती है। तारो का चिल्लाना चलता रहता है।)*

रामदत्त : हिसाब दा कागज निकाल जरा। *(श्रवण धीरे से, गाँठ से चाबी निकाल डेस्क खोलने लगता है। पहले साफे से पोंछता है।)* खेड़ेवाली जमीन दा कोई कागज हो तो वह भी निकाल ले।

श्रवण : *(हैरानी से)* काम शुरू हो गया?

हरबंस : हफ्ता-भर पहले तुसी वेख गए थे।

रामदत्त : मुझे नहीं पता।

हरबंस : *(हँसकर टालते हुए)* भूल-भुलावा हो जाता है जी। त्वाडी जमीन है, त्वाडे मुनशी ने कहा, असी जुट गए।

[रामदत्त श्रवण की ओर देखता है। वह ताला बन्द कर उठता है। हिसाब देखकर, रामदत्त हरबंस को कुछ पैसे देता है।]

हरबंस : *(गिनकर ऊपर देखता है)* होर खेड़े के? *(रामदत्त और श्रवण पल-भर एक-दूसरे को देखते हैं। फिर श्रवण जेब से कुछ पैसे निकाल उसे देता है।)* चल नी कुड़िए, छेती कर-स्याल दा हनेरा घिर आया है...*(तारो आधी बनी चोटी से दो फुरर भाग आती है। बहू हँसती है। दोनों निकल जाते हैं। श्रवण कमरे की ओर जाने लगता है। सत्तो रामदत्त को दूध का*

गिलास पकड़ाती है।)

रामदत्त : *(स्थिर पैनी आवाज में)* श्रवण याद है, करमसिंह मरा था। आज पता चला कि उसदा खून हुआ था। खूनी, मुज्यारा रामफल।

श्रवण : मैंने तब वी कहा था।

रामदत्त : *(रोब से)* मैं वीरजी दी बात नहीं कह रहा। सुन, मैं सारा हिसाब-किताब देखना चाहता हूँ। आगे के वास्ते बहुत कुछ तय करना है। उधार दूँ न दूँ। एक कर्ज दो, ऊपर से कमीनों का यह इनाम। सब समझना पड़ेगा। सारे कागजात, पट्टे-रसीदें मेरे पास रहनी चाहिए।

श्रवण : यकीन खत्म हो गया? चलो, मैं मुक्त हुआ।

रामदत्त : नहीं, श्रवण, मैं मालिक हूँ-होर मुझे हर चीज मालूम होनी चाहिए। हुन, खेड़ेवाली जमीन को ही ले-है तो मेरी।

श्रवण : ठीक है। *(जाता है)*

सत्तो : कैसे घूरदा है।

रामदत्त : तू रहने दे। तेरे बस की बातें नहीं।

सत्तो : समझ लेती हूँ। *(श्रवण बहीखाते, चाबियाँ समेत लौटता है।)*

श्रवण : लो। बाकी अन्दर रखी हैं। कल निकाल दूँगा। या हुनै, कहो तो-? *(वह सकपका गया है।)*

रामदत्त : *(कागजात मिल जाने पर फिर सहज हो जाता है।)* नहीं ऐसी जल्दी नहीं। मैं-मैं सिर्फ जानना चाहता हूँ। श्रवण, मुझे कारोबार समझना होगा-वर्ना...*(श्रवण डेस्क उठाकर उसके पास रखता है)* क्या करूँ। कहीं से शुरू तो करना ही पैगा। तख्ती सीखनी होगी। *(हँसकर)* वसन्त तक छज्जा बनवा लूँगा। होर बैसाख तक पिछली दीवार वी ठीक हो जाएगी। *(जेवर निकालता है। एक-दो मुंदरियाँ गिरती हैं, श्रवण उठाकर देता है।)*

श्रवण : ध्यान से जरा लालाजी।

रामदत्त : जानता हूँ। *(सत्तो से)* फाटक वी बनवा लेंगे-धीरे-धीरे *(बहू हँसती है)* क्यों? *(सत्तो गहने समेट, रामदत्त के पीछे चली जाती है।)*

[बहू उन्हें जाते देख, इधर-उधर घूमती है, फिर धीरे-से श्रवण की ओर मुड़ती है।]

बहू : उसने तेरा काम छीन लिया।

श्रवण : बाहर ही निकाल दिया।

बहू : फेर? *(चुप्पा। उसके पास आकर)* सुन तू कहता है, गाँव से दूर, सड़क के आगे, शहर है–जहाँ लोगों की भीड़ है–जहाँ रात विच वी रोशनी है। ओ रोशनी तेरी क्यों न हो?

श्रवण : होर तेरी वो?

बहू : *(बेबसी-सी)* नहीं श्रवण। कैसे?

श्रवण : *(पूरे रंग में आते हुए)* यह हाल भूल जा, होर मेरी तरफ वेख।

बहू : कह।

श्रवण : मेरे हाथ मजबूत हैं–मजूरी कर सकता हूँ। पेट भर जाएगा। लेकन मेरे पास चाँदी नहीं है। हरे ते हरियाली–लेकन कंगले दे भाग लगे कंगाली। शहर में आराम है–पैसा है–लेकन रुप्ये नाल रुप्या चिपकदा है। हम धन्धा करेंगे, दुकान लगाएँगे।

बहू : नहीं श्रवण। नहीं होगा।

श्रवण : *(करीब जाकर, फुसफुसाकर)* सोने दा भाव ऊँचा है। तू अपना गहना ले चल–कंगन, झुमके, कमरपट्टी सब साथ ले ले।

बहू : सोना इस घर दा है।

श्रवण : *(उत्तेजित होता हुआ।)* घर दा। या घर दे मालिक दा? किसदा है सब। किसदी कमाई जुटी है इस खजाने में।

बहू : रहेगा तो यहीं का।

श्रवण : *(भड़काते हुए)* बैठे-ठाले जेवरों के मालिक हो जाओ। वाह। सास ने वोटी को गहने पकड़ा दिए, जो उसनू मिले थे। इससे उसी दे हो गए। प्यो दी वसीयत पुत्तर को, पुत्तर की उसदे पुत्तर को। जैसे जमीन से उतना हिस्सा ही सफा हो गया हो। खुद कमाया नहीं, त्वाडा कैसे हो गया? अपने हाथ से मुट्ठी भरो, तो सजता है। भूखा मर जाएगा–रामदत्त।

बहू : उसदा नहीं, तो मेरा कैसे।

श्रवण : लेकन तुझे जरूरत है–मुझे जरूरत है।

बहू : तुझे यहाँ की धूल तक से नफरत है। फेर निशानियाँ क्यों ढो रहा है?

श्रवण : गहना काम आएगा। पागल मत बन–तुझे साथ रखूँगा।

बहू : *(इरादे से रोमांचित होते हुए)* उसदे बाद शोर मचेगा–होर मैं

यहाँ नहीं हूँगी। भाग चुकी हूँगी। *(हल्की-सी विजयी हँसी खिल जाती है।)*

श्रवण : सब कहेंगे, घर दी बहू नौकर के साथ भाग गई...फेर वी दाग छिपा रहा हूँ-बेबे।

बहू : *(हँसकर)* यही तो हो रहा है। *(ठहरकर)* लेकन तेरे मन में कब से झुलसन है? *(ध्यान से उसे पढ़ने की कोशिश करती है।)*

श्रवण : इन लोगों को छोटा बना सकूँ, पर्दे फाड़कर नंगा कर दूँ? साँप बिलों से निकल पड़े, तब पूछूँ-कैसे हो। शहर जाकर, तू इन्हाँनू कचहरी तक खींचना। हरा दूँगा ससुरों को। फेर वापस आ के शादी करेंगे, इसी मन्दर में।

बहू : बदला पूरा हो जाएगा। जहर तेरे विच वी कम नहीं। *(उदासीन हो जाती है।)*

श्रवण : क्यों न हो। घुटता रहा हूँ। हुन जिऊँगा।

बहू : नफरत से?

श्रवण : मैं गरीब हूँ-यही मेरा हक है।

बहू : लेकन गरीबों के संगी-साथी नहीं।

श्रवण : इनकी अपनी जगह है-अपनी लड़ाई। जो रस्ते ढूँढ़ते हैं-उन्हीं को रोशनी मिलदी है।

बहू : कली रोशनी?

श्रवण : बड़प्पन न झाड़। मैं खूब जानदा हूँ-बदजात औरत...होर खाली मैं तैनू बचा सकदा हूँ।

बहू : चीख मत।

श्रवण : मेरी आवाज सुनी कहाँ? चाहती है तो पड़ी रह-उस कमरे में, वह दूजी को चूमेगा, जकड़ेगा-होर तू राम-राम जपना। मैनूं वेख, गर्म लहू, लोहे दे हाथ-शेरनी दा दूध पिया है इस मर्द ने। वेख, तपता जिस्म। *(वह उसका बदन महसूस करती है। धीरे-धीरे साँसों में तेजी भरती है)* लेकन यहाँ नहीं-इस पिंड कस्बे में वी नहीं। अनजान पटरियों पे हिसाब पूरा होऊगा। सोना लेकर आ जा-नाले के पास हूँ। *(जाता है।)*

बहू : *(कुछ देर स्थिर रहने के बाद सोचते हुए)* स्ता प्यार नहीं। सिर्फ नफरत। मर्द दी जरूरत औरत को इतना गिरा सकदी है? स्वाह होने दा रस्ता। *(हँसती है)* कहीं फेंक देगा। मेरा

इस्तेमाल कर रहा है। लेकन रिहा कर देता। *(सीढ़ियों पर सिर टेककर गुनगुनाती है। सो जाती है।)*

[माँ का प्रवेश। इधर-उधर देखती है। फिर बहू को जाकर उठाती है।]

माँ : बहू। सो रही है। अन्दर चली जा। यहाँ ठंड है, उठ। (बहू हड़बड़ाकर जगती है और माँ से लिपट जाती है।)

[माँ कुछ देर स्थिर, उसे पकड़ती है। फिर आहिस्ते-से शाल के अन्दर से कटोरा निकालती है।]

माँ : *(प्यार से)* ले-इसे पी ले-*(बहू को पकड़ाती है। वह असमंजस में-उसे मुँह के पास तक ले जाती है, फिर झटके से दूर पटकती है।)*

बहू : *(कौंधती आवाज में)* जहर।

[ऊपर की खिड़की पर से सत्तो दौड़ी आती है-माँ चुपचाप निकल जाती है। प्रकाश बदलता है।]

गीत : नींद तेरे बूहे पे,
जब वी आती है,
वाहवरोला उठदा है,
ख्याला दा।
निधुपे तेरे वेड़े में।
हनेरा है स्याता दा।
हर एक पल में,
सौ बार हूँ मरदी,
अपनी आहों में ठरदी,
टूटे पंख न भरें उडारी,
मैं ढह गई सारी दी सारी।
नींद तेरे बूहे पे...

अंक तीन

पहला दृश्य

[गाँव के छोर पर सड़क बनानेवालों का कबीला। एक पतला रास्ता उसे बाकी गाँव से जोड़ता है। दो-एक औरतें रस्सी बट रही हैं। तारो की माँ ने पतीली चूल्हे पर चढ़ा रखी है। बच्चे इधर-उधर खेल रहे हैं, पेड़ पर कपड़े सूख रहे हैं-तारो पेड़ पर चढ़ी बैठी, पत्ते तोड़-तोड़कर गिरा रही है।]

तारो की माँ : हुन बहुत हो चुका तारो। थले उतर आ *(हरबंस से)* सुना नहीं? लड़की को ऊपर चढ़ा दिया। हुन उतारो वी।

हरबंस : बुराई लेने को मैं आगे। कोई पूछे, लड़की को सिर पे किसने चढ़ाया है?

निहालो : उसदी माँ ही नाम लै।

तारो की माँ : सिर पे चाहे मैं चढ़ाया, पर पेड़ पे तो इसदे प्यारे ने ही चढ़ाया है।

हरबंस : तू जान, तेरी कुड़ी जान, असी चले नून-तेल लेने।

[हरबंस, निहाला चल देते हैं। हँसी-मजाक की गरमाहट वातावरण में भरती है। बहू रास्ते से नीचे उतरती है। चेहरे पर कपड़ा है, जिसे वह धीरे-धीरे सरकाती है। इधर-उधर नजर दौड़ाती है।]

बहू : इतना शोर, पहली बार सुन रही हूँ। इतनी दूर वी पहले कभी नहीं आई। पैर दी उँगलियाँ खुल रही हैं।

[भीड़ में सड़क बनानेवाले-पहला और दूसरा उसे पहचानते हैं।]

हरबंस : राम-राम *(मुड़कर वह हाथ जोड़ती है)* कहाँ को?

बहू : *(झेंपकर)* मन्दर आई थी।

हरबंस : चंगा। असी जरा हट्टी तक जा रहे हैं।

निहाला : जब से सड़क बन गई, मेल-जोल ही नहीं रहा।

बहू : सड़क पूरी होने पे कहाँ जाओगे?

हरबंस : जहाँ दो पैसे मिले, छप्पर पा लिया।

बहू : चंगा तरीका है।

निहाला : हूँ, धूप चढ़े तो रोना-पानी गिरे तो रोना। न महाजन आपना न चौधरी। होर मालिक दे जूते वखरे। चल भाई...
साडे भागी चल सो चल-
मीलों पार, मीलों पार
लम्बियाँ सड़का,
लम्बियाँ सड़का पीछे छूटियाँ,
आगे विच्छिया
असी सदा विच घार।
अपना घार।
अपना द्वार।

[गाते हुए चले जाते हैं।]

बहू : पता है-मेरा वी मालिक है-जैसे त्वाडा। *(चलती है। फिर आस-पास गौर से निहारती है)* शाम अपने धुएँ में दुनिया कट्ठी कर लाती है। आसमान दे थले सब पिघल रहा है। अंक्ख विच पीली धारा। घुलती जा रही हूँ। हे रब्बा, उन्हें वी सँभाल, जो भूखे हैं, प्यासे हैं...

तारो : *(उछलकर, दौड़ी आती है)* बहूजी, कहाँ जा रही? आ न अपनी माँ से मिलाऊँ?

बहू : बाद में।

तारो : इतनी दूर आ गई। बस दो कदम होर। *(तभी एक लड़की दौड़ी आती है।)*

लड़की : तेरा बेटा कीचड़ में गिर गया।

दूसरी : गिर गया तो उठ जाएगा।

बहू : *(अपने से)* किस गन्दगी में रहते हैं। फटे, मैले चेहरे...

तारो की माँ : पहली बार आई हो इधर। बैठो। *(मुस्कुराकर)* क्या वखाऊँ? बस बीबी ये हाथ हैं।

बहू : *(अपने से)* जिनसे ये जिन्दा है। जायदाद नहीं।

पहली औरत : मेरा हो गया। *(रस्सा फेंकती है।)*

हुन मैं दुकान पो चली। *(सिक्का फेंकती है।)*
रोटी खिला के बच्चे नूँ सुला दई।

तारो की माँ : कहाँ चल दी? इधर आ--ये रामदत्त दी भरजाई है।

[औरत आगे आती है।]

तारो की माँ : हाँ, यह ओही औरत है। तेरे आदमी दी रखैल। *(बहू से)* : दो साल साथ रही। फिर सड़कों पे। उसदे बाद इक कौड़ी न मिली। पानी को तरस गई।

औरत : *(पास आकर)* मैनूं जानदी हो?

बहू : शायद।

औरत : मैंने झट पहचान लिया। हालाँकि पहले कभी नहीं वेखा।

बहू : बाहर आती-जाती नहीं। चलो इस बहाने असी दोनों मिल गईं।

औरत : ओ तो चला गया। असी रह गई-तुसी एक बेवा...मैं फिर इन गलियों में। रब जाने...जद तक जीता रहा...कहता रहा, ऊपर से नीचे तक भर दूँगा। लेकन, क्या हुआ? चोरी-छिपे दिया वी कुछ नाम नहीं कर सका। तीन न्याने हैं मेरे। वह भी जी रहे हैं।

बहू : उसे कब से जाना?

औरत : *(ख्यालों में डूबती हुई)* तब उसे पगड़ी नहीं बँधी थी। बदन केहरा था। मत्थे पे बल नहीं पड़े थे। कभी-कभी खेत पे बोतल मँगवाता था-साथ में मुझे वी।

बहू : *(अपने ख्यालों में)* फेर वह जमींदार हो गया।

औरत : हाँ, उसने मैनूँ रख लिया-दूजी तींवी। मैं क्या कहती? आदत पड़ जाती है। हम कमजोर हो जाते हैं।

बहू : हाँ, समझ रही हूँ। दूजी तींवी कहलाना आसान नहीं।

औरत : खासतौर उससे, जिसे तब चाहा हो, जब वह किसी होर दा नहीं कहलाता था।

बहू : *(दर्शकों के पास आकर अपने से)* वह काली है, बदसूरत है-गन्दगी विच सनी है। मैं जानदी नहीं, हो सकदा है चंगी हो। छली गई है-मेरी तरह। हाँ, आदमी दी रखैल। *(आह भरके)* वेखो, रात से पहले शाम, होर बीरान चुप्पी...मन बह रहा है, बस एक तस्वीर बनदी है। कभी मेरी, कभी उस तींवी दी--दूजी तींवी। ओह।

औरत : *(उसके कन्धे पर हाथ रखती हुई)* बहूजी।

बहू : मैं जाग रही हूँ। मुझे जागने दो।

[तारो गुड़ और पानी लाकर देती है। उसकी माँ और अन्य औरतों का धीमा गीत उभरता है–]

आप पकावाँ, आपे खावाँ
दिन चढ़े तो
सड़कों ऊपर,
लुक बिच्छावाँ
मिट्टी-मिट्टी मैं चुनदा,
कच्चे-पक्के रोड,
यूँ खड़के इन कानों में,
ज्यूँ कोई नचदी नार वखेरे,
घुँघरू दी झंकार!
अपना द्वार!

दूसरा दृश्य

[संक्रान्ति। आँगन में मन्दिर खचाखच भरा है। लोग चढ़ावा देते जा रहे हैं। कुछ बैठे हैं। माँ और ताई चीजें बाँधती जा रही है। रामदत्त पुरोहित-सा बना, कुछ मन्त्र-वन्त्र बड़बड़ा रहा है। सत्तो जल्दी-जल्दी सामान कमरे के अन्दर ले जा रही है। कुछ चखते हुए, कुछ देखते हुए–खुश महसूस करती है। श्रवण उससे बातचीत कर रहा है, पर वह विशेष ध्यान नहीं दे पा रही। सहसा चौंककर–]

सत्तो : *(धीमी आवाज में)* मेरे घर में, मेरे आदमी के साथ? कैसे हो सकदा है?

श्रवण : उसदी कलाइयों में कौन-सी चूड़ियाँ हैं, जो टूटी मिलतीं।

सत्तो : *(निश्चय से दबी आवाज में)* यानी उसदा पाँव भारी है–तीन महीने से–कैसे पता?

श्रवण : बतलाया था–जिस रात तू ब्याह के आई थी।

सत्तो : यह बात है।

श्रवण : हाँ।

[मंत्रों का स्वर तेज होता है।]

सत्तो : *(माँ को घूरकर)* होर यह बुड्डी चुपचाप पहिया घुमाती रही।

श्रवण : भागना चाहती थी–मेरे साथ। गले फाड़-फाड़ के रोई। हवा देता, तो घर फूँक जाती–ऐसी त्योरियाँ चढ़ी थीं चण्डी पे। न जुबान पे काबू न हवस पे।

सत्तो : होर मेरे ही थाली में खाती है...

श्रवण : घर दा गहना साम रखा है। कल ही–किशना दे हाथ एक जोड़ा कंगन अपने आदमी दी रखैल को भिजवाए हैं। मुझे पता है, चोर दा भाई चोर। *(भड़काते हुए)* हिस्सा माँगेगी। भला औरत दा घर घरवाले के साथ। पर, नहीं वो ठहरी चुधराइन। यह तो मैं समझाता रहा वरना...

सत्तो : उसकी नजर इस सब पर है। राज करेगी। हूँ, काला मुँह होर चाँद दे मुँह लगे? *(मंत्र-स्वर फिर ऊँचा हो जाता है)* ओह चौबीस घंटे दी यह भीड़।

श्रवण : अभी कोई जानदा नहीं, वर्ना इसदा क्या–कह देगी जबर्दस्ती हुई, हो-हुल्लड़ किया, किसी ने सुना नहीं, जुबान पर काबू नहीं है–ससुरी दे, यहाँ तक कह देगी...*(मतलब-भरा वक्फा)*

सत्तो : *(भाव पकड़ते हुए)* कि छोटी वोटी इस लायक नहीं कि कुन्बा चला सके?

श्रवण : *(सही दाँव लग जाने से खुशी छिपाते हुए)* कुछ वी कह देगी–पर अपना नाम खुदवा के रहेगी–साथ में उस बच्चे दा वी। सीधे नहीं तो टेढ़े रस्ते नाक पकड़ लेगी। मुंडा फेर मुंडा है।

[ऊपर से आती बहू, यह सुन लेती है।]

सत्तो : कौन जाने उसदा खसम कैसे मरा। सुनने में बहुत कुछ आया है।

श्रवण : मिलकर मरवाया है दोनों ने–या कले इसी ने, नहीं पता। लेकिन तींवी तो...

बहू : *(बाहर निकलते हुए)* उस सबदा क्या वास्ता।

सत्तो : तूने उस औरत को कंगन भिजवाए हैं?

बहू : हाँ।

सत्तो : क्यों?

बहू : माफ कर रही हूँ–माफी चाहती हूँ।

[मंत्र-स्वर फिर ऊँचा होता है।]

सत्तो : एक पराए मर्द के साथ कब तक रहेगी राँड? तेरा खसम जिन्दा था, तो तू हड़प गई। फिर मेरी छाती पे चढ़ के बैठ गई। मेरे घरवाले पे काबू करना चाहती है, ताकि यहाँ पर कब्जा कर सके। वामन के घर तू जनमी--उसकी तो शर्म की होती।

बहू : *(कुछ ज्यादा ही सहजता से)* कपड़ों के नीचे असी बस नर होर मादा। मलमल दा दुपट्टा औढ़ कौन से फरिश्ते बन जाते हैं?

सत्तो : तू उसनूँ छीनना चाहती है। हम दोनों दे बीच रिश्ते-रिवाज छड़-जो असी थे-वहाँ तू शुरू से अटकी रही। (रोने लगती है) तूने कभी सोचा इस घर दे सिवाय मेरे पास कुछ नहीं है?

बहू : तेरे आने दे बाद मैं उसनूँ रोकना चाहा, मना किया, लेकन...

सत्तो : *(भर के)* उसने जबर्रस्ती की। *(लोगों की दिलचस्पी बढ़ती है।)*

बहू : मैं यह कहने जोगी न रही। लेकन चाहती थी ये सिलसिला मुक जाए।

सत्तो : होर जो तेरे पेट में है-उसदा हिसाब कौन देगा?

बहू : वही देगा।

सत्तो : तू क्यों मेरे रास्ते में काँटे बो रही है? घर, आदमी, छीनकर, बेसारा कर रही है? ताकि जाऊँ होर, गँडासा पकड़ अपनी गर्दन के दो टुकड़े कर लूँ। न-तेरे पाँव पकडूँ, नाक रगडूँ-या बाल खींच-खींच के तुझे परे फेकूँ। चुप रहूँ, इतनी भोली नहीं हूँ-*(आपे से बाहर हो, बहू की चोटी खींचती है। फिर खुद पर हैरान, घबराकर एक तरफ हट सुबकने लगती है। ताई और माँ हैरान-शर्मिन्दा महसूस करती हैं।)*

बहू : साडे विच तेज है, लेकन एक कमजोर मर्द वास्ते-जिसने दोनों से झूठ बोला। एक से हट के दूसरे के हिक में।

सत्तो : कुछ वी हो, वह मेरा है-उसी से मेरा घर, मेरा आटा-दाना है।

ताई : *(बीच में पड़कर)* चुप करा नीं। दोनों ने मिल के सारी लोकलाज खत्म कर डाली।

माँ : *(सत्तो से)* वह तो है ही यतीमों की मरन जोगी, तू तो स्यानी

बन। अकल से काम ले–चल उठ, अन्दर चल।

ताई : *(फैलते हुए)* मेरा क्या है बे जी, जैसे रखोगी रह लूँगी। रोटी–पानी बन्द करो, मारो–पीटो, लहू–लुहान करो, पर माँ की सौं जो एक लफ्ज कहूँ...

ताई : *(चुपकारते हुए)* उठ, बीबी रानी उठ, पानी लाओ री। बिचारी घबरा गई।

सत्तो : *(ऊँची आवाज में)* पर वह बच्चा नहीं हो सकता–नहीं होने दूँगी।

रामदत्त : *(मन्दिर से बाहर निकलकर)* क्यों दुनिया–जहाँ सिर पे उठा रखा है? जरा होश से बात कर।

सत्तो : *(और ऊँचा)* मैं क्या सुन रही हूँ त्वाडी भरजाई दा पाँव भारी है।

[रामदत्त बहू की ओर देखता है। वह कुछ नहीं कहती। गाँववालों का शोर। दिलचस्पी बढ़ती है। श्रवण को मजा आ रहा है, पर चुप खड़ा है।]

सत्तो : हाँ, हाँ है। मेरे जेठ को मरे अरसा हो गया–होर जेठानीजी हुन बच्चा पैदा कर रही हैं। मैं पूछती हूँ कि क्यों वे एक पराए मर्द दे घर रहती रही? उसदा क्या था यहाँ? होर तुसी...

[शोर बढ़ता है।]

माँ : नी, हुन चुप कर जा।

ताई : *(हाथ जोड़कर, भीड़ से)* जाओ लोको, साडे पे तरस खाओ।

[कोई नहीं जाता। किशना ताली बजा, उछल–उछलकर ताई को चिढ़ाता है।]

रामदत्त : *(सत्तो के पास जाकर)* सुन।

सत्तो : सहलाओ मत। दुनिया खड़ी है। उसनू जवाब दो। हुन बेबे कहाँ गई? कहानियाँ सुनाती थी–पुराना कुनबा–इलाके का ऊँचा बामन खानदान। मेरे भाग खुल गए–यहाँ आकर। पर यह जीती–जागती कहानी नहीं सुनाई उसने। अपने पुत्तर होर उसदी भरजाई दी।

[किशना चटखारे भर मजा लूटता है।]

बहू : *(दर्शकों के पास)* खसम दा स्यापा या बच्चे दा जनम–क्या मनाऊँ?

सत्तो : जवाब दो। *(आवाज में उत्तेजना)* इस औरत को क्यों रखा

गया? भूल गए थे कि इससे रिश्ता भरजाई दा है–*(व्यंग्य से)* वामन हो? इसदे बच्चे दे बाप।

रामदत्त : *(बदलकर)* किसने कहा?

[ताई और माँ बटे की आशापूर्ण निगाह से पलटती है।]

सत्तो : वह कहती है–होर सब कहेंगे।

रामदत्त : *(सहज)* नहीं। वह बच्चा मेरा नहीं है।

[लोग हैरान। सत्तो श्रवण की ओर घूमती है। वह हक्का-बक्का किशना सुन्न।]

श्रवण : इसने यही कहा था।

बहू : तू जानदा है।

रामदत्त : मैंने इसे छुआ तक नहीं।

सत्तो : त्वाडा नहीं है?

रामदत्त : नहीं। सब सुन लो–माँ, लोगों–पित्रों–सब सुन लो–वह बच्चा मेरा नहीं है–मैं नही जानदा किसदा है–मेरा नहीं है। *(यह कहना उसके लिए सरल नहीं है, इसलिए जोर देना पड़ता है। कहकर, मन्दिर के खम्भे का सहारा टेक खड़ा रहता है। खामोशी। बहू कोने के बाहर आकर खड़ी होती है। श्रवण उसे देखता है।)*

ताई : करमजली यही है। पहले खसम खा गई, फिर खानदान रोड़ डाला।

बहू : *(अपने में टूटती हुई)* नहीं, फिर नहीं। बार-बार वही बात नहीं। *(लोग उसे घूरते हुए जाते हैं। मुँह छिपाना चाहती है, पर दुपट्टा फिसल जाता है। विश्वास-अविश्वास में सत्तो भीतर भाग जाती है। माँ और ताई पीछे।)*

श्रवण : *(धीरे-से)* मैंने कहा था, मेरे साथ चल। *(झटके से कन्धे का चादरा ठीक कर, निकल जाता है।)*

बहू : तुसी सब छुट गए–मरे हुए दी तरह। जो नहीं छुट पाते–रब्बा ओ वी तेरे हैं। उन्हें हिम्मत दे, सिर टेकने को किसी दीवार दा कोना दे।

[किशना उसकी तरफ बढ़ता है। वह ध्यान नहीं देती–असमंजस में वह मन्दिर के रास्ते निकल जाता है।]

तीसरा दृश्य

[वही रात। आँगन। धीमा प्रकाश, मन्दिर में जो आग जली है। माँ का मन्त्र-उच्चारण का स्वर फैल रहा है। वैसे वातावरण में चुप्पी है। अचानक बहू चीखती है–और दौड़ी हुई बाहर आती है। माँ सिर नहीं उठाती। पास खड़ी सत्तो मुड़ जाती है। रामदत्त कम्बल ओढ़े, मुँह ढके, कुँगड़ा पड़ा है–सीढ़ियों के पास।]

बहू : *(हाँफते हुए कुछ डरी-सी)* क्या हो रहा है।

माँ : *(स्थिर)* शुद्धि दी तैयारी।

बहू : कैसी शुद्धि? क्या करोगे?

सत्तो : वेख लेना।

बहू : सिर चकरा रहा है–बस करो। मैं...मैं...मैं...

माँ : घर को जड़ों तक धोना है। देवी दा प्रायश्चित करना होगा।

बहू : धुआँ–आवाजें–शोर–तुसी मैनूँ पागल कर दोगे।

माँ : बात अन्दर रहती तो चंगा होता। शायद पर्दा डाल सकदे। हुन नहीं।

बहू : *(माँ के पास बैठते हुए)* थक चुकी हूँ–सोना चाहती हूँ। बस करो न इसे।

सत्तो : यह घर तेरा नहीं।

बहू : बीजी, वो बच्चा यहीं दा है।

सत्तो : नहीं, यहाँ दा नहीं। रामदत्त ने खुद कहा।

बहू : तुझे भरोसा है?

सत्तो : *(टालते हुए)* उसने जो कहा, सच है।

माँ : *(बिना द्वेष के)* हाँ, वही मान लेना ठीक है। मर्द दी तबीयत तो जानवर है–तींवी को ही बसना-बसाना पड़ता है। उसका लकीर लाँघ जाना गहरी चोट है।

बहू : वो हमेशा के लिए छुट गया।

माँ : ठीक कहती है। तींवी वास्ते मरज्यादा आदमी ने ही गढ़ी है। वो कुछ करे, चल जाता है। लेकिन तेरे पास अपना क्या है? रोटी तक तेरी नहीं। जिस थड़े पे जी रही थी, उसी दा जंगला तोड़ डाला? हुन कौन बचाएगा? बच्चा नहीं हो सकदा। तू वी नहीं रह सकदी–पेके जाना पड़ेगा। वो चाहे जूते मारें या गोद में बिठाए। तेरे सामने एक ही रास्ता था, कुड़िए, इस घर दी

बहू बनी रहती, बस।

बहू : हुन कोई उम्मीद नहीं?

माँ : साडी मजबूरी है। *(सत्तो जाती है।)*

बहू : *(अकेले महसूस करती हुई, फटी-फटी आँखों से घर को देखती है)* तुसी मेरा क्या करोगे? कुछ वी-वेद-मन्तर से आप पगला जाऊँगी-बाकी दा चेता ही नहीं रहेगा। गंगा नहाने भेज दोगे, होर मैं वापस नहीं आना। *(मन्त्रों का स्वर बढ़ता है।)* ओह, चुप वी करो। कब तक सिर पटकूँगी? इनके बीच में कली। यह घर ही मेरी मौत है। *(बेचैन टहलती है-सहसा)* किस वास्ते हिस्सा माँगती रही? हक जताती रही? यह मकान मेरा नहीं है-त्वाडा वी नहीं। रामदत्त किसी दा नहीं। *(उसी की ओर बढ़ते हुए)* प्यो दे डोले में कब तक सैर करेगा? उसे हटा, तेरा क्या है-बचपन दा आलस? जमींदार बन गया न? मेरे जी-भर के जीने से-सब हिल गया-कितना पक्का, कितना बुलन्द। *(दर्शकों के करीब आ जाती है)* मैनूँ तृप्त करना, यहाँ दा फर्ज नहीं था? मैं जवान हूँ-खूबसूरत हूँ-इक औरत। क्या गुनाह किया था? सिर्फ प्यार माँगा था, लेकन उससे वी हिसाब जुड़ा था- मेरी रोटी की बात। *(रामदत्त की ओर हल्का-सा मुड़कर)* तेरे थड़े पे रहती हूँ, इस वास्ते सिर नहीं उठा सकदी? आज तू बच गया, लेकन उन्हें तेरे बच्चे दी बलि चाहिए, मन्दर दे वास्ते, ताकि दान से तेरा पेट भरा रहे- पागल अपनी औलाद में ही असी जीते हैं। कभी नहीं मरते होर तू चुपचाप सो रहा है? *(सोचकर)* याद रख, उसदे जनम दी ठंडक विच तेरा हिस्सा नहीं रहा-रत्ता हक नहीं बचा।

[सड़क बनानेवाले गाते हुए अपना सामान उठाए जा रहे हैं। उनके बोल साफ सुनाई पड़ते हैं।]

गिरती ढेंढी इक कणी,
बदली दी जनी,
मुड़के न जाती, घर अपने
मिट्टी में सनी,
बदली दी जनी।
इक कणी...

[बहू माँ की ओर देखती है, जिसने यह गीत सुन, अपना मन्त्र-स्वर और ऊँचा कर दिया है–गीत और मन्त्र की अजीब टकराहट।]

बहू : *(माँ को पढ़ते हुए)* त्वाडी आँखें सूनी होर फीकी। मेरे अंगयार खाक हो जाएँगे, पर यह बुत नहीं हिलेगा। इक जवाब नहीं देगा। *(सोचते हुए दर्शकों से)* सत्तो ठीक है–हिसाब उसनू पूरा करना पड़ा। सोचा था, मिलजुल के रहेंगे। पर कहाँ ? रामदत्त, श्रवण दोनों का खेल–होर विच असी दो। मकड़जाल किसी को नहीं छडदा *(मकान पर नजर घुमाते हुए)* फेर इन उच्ची मंजिलों दा क्या फैदा, जब रहनेवाले जले होर फोके हैं? *(बाहर वही गीत। अब और करीब, बहू पर उसका असर स्पष्ट है। माँ भी अपना स्वर ऊँचा कर देती है।)*

बहू : *(पति का ख्याल कर)* तू वेख सकदा, सोचदा, मैं फेर वी तेरी रही। लेकन नहीं, इस हाथ दा भाग मेरा है। बाहर झाँका है–उसनू पा नहीं सकदी, क्योंकि तींवी हूँ, कमजोर हूँ–मुट्ठी-भर जीरी वी मेरी कमाई नहीं? गली दा सिरा सड़क पे खुलदा है–उन रोडू जुहारों के साथ, अपने से छोटी जात में है, वहाँ गन्दगी है, भूख है, कीचड़ है, पर जहाँ बेपरदा तींवियाँ बोझ उठाती हैं–मैं जी सकूँगी। वैसे भी त्वाडी मरज्यादा मैनूँ बाँध नहीं सकी। बाढ़ दे पानी लिए कैसी वापसी। मौत दा इल्जाम सहने दे बाद वी मेरे में जन्म देन दा हौसला है, आस है, होर मैं अपने न्याये को पालूँगी–बेघर होर बेमौत–जिंवे चिड़िया गाती है। मछ्ली तैरती है। पत्ते उगते हैं।

[बाहर वही गीत अब बहुत ही पास, सुरीला और ऊँचा। कबीले के लोग सामान, चारपाई उठा, फाटक के पास से गुजरते हैं।]

अज रात मैं सो नहीं सकना। जागना है। काली रात के चद्दरे पे इक तिल खिसक रहा है। इस कंकड़ विच धड़कन है, धूप होर प्यास है। मैं हारना नहीं है। बहता खून जंगले तोड़दा है–धब्बे मिटाता है। भीगे बुकल में सफेद चाँद मेरे पास आता है–उसे सौख लेती हूँ। चुप्पी में लसकती खुश्बू, गेहूँ दी, सरसों दी, गुड़ होर गाय दी–सपने जो नेड़े आ रहे हैं–खींच रहे हैं, पुल पार बिछे रस्तों पर।

रामदत्त : *(नींद में)* वो–बच्चा मेरा नहीं है।

[बहू आहिस्ता से बाहर निकल आती है और कबीले के पीछे-पीछे चलने लगती है। वे गाते हुए दर्शक और मंच के बीच बनी सड़क से गुजरते हैं।]

चौथा दृश्य

कुछ महीने बीत गए। सर्दियों बाद फिर बैसाख। पहले दृश्य और अब में लगभग एक साल बीत चुका है। स्थान पिहोवा का है–पंजाब का वह तीर्थस्थल जहाँ पिंड कर्म के लिए जाना होता है। रात का समय है। इक्का-दुक्का भटकता हुआ वेद–मन्त्र का स्वर, मुसाफिरों की धीमी–धीमी अलसाई बातें या रोना कभी-कभी तैरता घूम जाता है। घाट की सीढ़ियों पर बहू आँखें मूँदे खड़ी है। अँधेरे में रामदत्त आता है। पास आकर आवाज देता है। वह उसे देखती है–फिर चलने लगती है।

रामदत्त : सुन, सुन तो *(वह नहीं मुड़ती)* जरा सुन...

बहू : *(ठहरकर)* मेरा नाम उमावती है।

रामदत्त : उमावती? *(याद कर)* हाँ–हाँ, यहाँ क्या कर रही हो?

बहू : बैसाख नेड़े है। असी कटाई लिए आए हैं।

रामदत्त : श्रवण ने बतलाया था।

बहू : कैसा है?

रामदत्त : उस सबदे बाद उसदा साथ रहना मुश्कल था। खेड़ेवाली जमीन पे उसदा कब्जा हो गया है। केस कचहरी में है–वेखो क्या होता है।

बहू : जरा सोचो, सालों से जहर जमा था।

रामदत्त : लगदा है दूर होकर, तेरी नजर करीब जा रही है।

बहू : किशना वहीं है?

रामदत्त : वहीं है–पीता रहता है।

बहू : मतलब कुछ नहीं बदला।

रामदत्त : बीबी मर चुकी है। सुन, इक दौर गुजर गया–तू वापस चल, तेरे अपने खेत हैं–मजूरी करने की क्या जरूरत?

बहू : मैं सब फन्दे तोड़ आई हूँ...याद है, अज तेरे वीर दी बरसी है?

रामदत्त : इस वास्ते यहाँ आया।

बहू : होर मैं मिल गई। आती रहती हूँ। रामदत्त, वह रात नहीं जाती। मुर्दे कहाँ मरते हैं जब तक हम खड़े हों?

रामदत्त : तेरा कोई कसूर नहीं था।

बहू : हुन कुछ कह ले। *(कुछ रुककर)* फिर वी इक नजर उसनू वेख लेना चाहिए था।

रामदत्त : तू वापस चल। खंडर जी जाएँगे–मैं बच्चे को कबूल करूँगा–सबदे सामने–

बहू : *(चौंककर)* सत्तो गर्भ से नहीं?

रामदत्त : बाँझ है। बीजी कह गई थी–तैनू वापस ले आऊँ। बच्चे को कबूल कर लूँ, ताकि कुन्बा खत्म न हो, नस्ल चलती रहे।

बहू : बिचारा रामदत्त। वहीं दा वहीं–पिंजड़ों से जुड़ा।

रामदत्त : ओ वी इन्सान हैं, जो पीछे छूट जाते हैं।

बहू : *(स्पष्ट, पर बिना कड़वाहट के)*–इन्सान ओ वी है, जो अपने करम दी जिम्मेवारी नहीं उठा सकदा।

रामदत्त : लेकन क्या करता, बुड्डी माँ दी तरफ देखता था–?

बहू : श्राद्ध–पिंड हुन कहाँ गया?

रामदत्त : बदनाम सही, नस्ल तो चलनी है।

बहू : दूजा ब्याह कर ले।

रामदत्त : मन नहीं मानेगा।

बहू : जब तूने कहा बच्चा तेरा है–लोग मान गए?

रामदत्त : *(कठिनाई से)* हाँ।

बहू : वो सिर्फ मेरा है।

रामदत्त : मैं उसदा बाप–उसनू जात, रुतबा, जमीन–जायदाद दूँगा।

बहू : उसनू नहीं चाहिए। न छत होगी–न छाया पड़ेगी। वह आएगा, होर अपनी तकदीर ढूँढ लेगा।

रामदत्त : इस धूल–मिट्टी में–उन जाट–जुहारों के साथ?

बहू : सोचने लगी, असी कले नहीं।

रामदत्त : कैसी जिन्दगी जी रही हो–क्या सुख–चैन मिला?

बहू : अपने पैरों पे खड़ी हूँ–उस तरह पूरी हूँ।

रामदत्त : सब कुछ पा लिया?

बहू : ढूँढ़ रही हूँ।

रामदत्त : खुश हो?

बहू : तू हुन घर जा।

रामदत्त : तुसी खुश हो?

बहू : कहा न, घर जा। तू नहीं समझ सकेगा।

रामदत्त : तुसी–?

बहू : देर हो रही है रामदत्त–तू जा। मैं तेरी समझ तूँ बाहर हूँ।

[मुड़कर सड़क पर चलने लगती है। दर्शकों के बहुत पास आ जाती है। वह देखता रहता है। फिर धीरे-धीरे घर की ओर मुड़ता है। प्रकाश कम होता है। सड़क बनानेवालों का गीत वातावरण में भरता है...]

साडे भागी चल सो चल,
मीलों पार, मीलों पार,
मुड़ के पीछे वेखे कौन?
अपना घार
अपना द्वार,
लम्बियाँ सड़काँ,
लम्बियाँ सड़काँ, पीछे छुटियाँ
आगे बिच्छियाँ
असी सदा विच धार
अपना द्वार।
गिरती ढेती इक कणी...

अक्स पहेली

पात्र

मैत्री
ग़ज़ाला
चन्दा
किरण
कल्पना
संगीत मास्टर
राय
देव
अजीत
गुहा

अंक एक

पहला दृश्य

[पुरानी एवं व्यावसायिक नाटक मंडली का रिहर्सल-रूम। काले विंग्स, रंगीन पर्दे, कई आकारों की रंगपट्टियाँ, मास्क-मुखौटे, दाढ़ी-विग इत्यादि लटक रहे हैं। दो-एक स्क्रीन भी हैं, जिनके पीछे कलाकार कपड़े बदल सकते हैं। संस्कृत नाटकों में प्रयोग किए गए जाजर ध्वज पड़े हैं, जिन पर अब प्राप्ट्रीझालर वगैरह टाँग दी गई हैं। दो-एक कुर्सियाँ, स्टूल, सन्दूक संगीत के वाद्य भी सजे हैं। स्क्रिप्ट, किताबें, खेले हुए नाटकों की तस्वीरें (अधिकतर पौराणिक या ऐतिहासिक वेशविन्यास में), चार्ट जैसी और चीजें जगह-जगह पड़ी या टँगी हैं। भरा होने के बावजूद भी कमरे में बिखराव नहीं है-सँभाल सफाई की ओर काफी ध्यान दिया लगता है। बाहर से खुलता दरवाजा, जिसके पास पानी का घड़ा और गिलास रखे हैं। दूसरा दरवाजा दफ्तर और भीतर के कमरों की ओर निकलता है।

मंच के पिछली तरफ सरस्वती की मूर्ति है जो दीपों से रौशन है। मैत्री, उसके आगे माथा टेककर, नृत्य का अपना रियाज शुरू करती है। पैंतालिस वर्ष की औरत, बदन केहरा, आँखें चंचल और नपा-तुला शृंगार। कुछ दूर पर कल्पना झाड़ू-बुहारी में व्यस्त-उम्र पचास के आसपास, चेहरे पर झुर्रियाँ और पहनने-ओढ़ने के प्रति उदासीन। खुले सन्दूक के पास किरण बैठी गलव पपट से बात कर रही है-दोनों ने आधुनिक कपड़े पहने हैं और बाल कटे हुए हैं। अन्दर से मध्यम संगीत और नृत्य का आभास।

मैत्री का नृत्य किरण का ध्यान खींच लेता है, जबकि कल्पना जान-बूझकर मुँह फेर लेती है।]

किरण : *(पपट के माध्यम से, दर्शकों को)* देखा, मंच का शौक भी अजीब है, घंटों रियाज़ करो, हाथ-पाँव थकाओ, तब जाकर छोटी-सी एंट्री मिलती है-या बहुत हुआ तो बोलने को एक

लाइन, वह भी कोने में से, बीच स्टेज की बात न करो–मौका मिले, न मिले।

[तभी अन्दर से जोर की आवाज, संगीत थमता है और एक के बाद एक दोनों घुँघरू मंच पर आ गिरते हैं, जिससे उपस्थित कलाकार चौंक जाते हैं।]

मैत्री : क्या हुआ?

किरण : *(हँसकर)* आप जैसा रियाज़–सबके बस का नहीं।

मैत्री : *(मुस्कराकर)* मैंने जीना सीखा ही मंच से। *(श्रद्धा से घुँघरू उठाकर एक ओर रखने लगती है कि अन्दर से ग़ज़ाला का गुस्से में प्रवेश। वह उन्नीस साल की मुँहफट लड़की, जिसमें बचपन का भोलापन और तेज झलकता है। पीछे-पीछे मास्टरजी, उम्र पचास के आसपास, लम्बी गर्दन और छोटी आँखें, चाल में नर्तक होने का बनावटीपन)*

ग़ज़ाला : मुझसे नहीं होगा।

मास्टरजी : कैसे नहीं।

ग़ज़ाला : भाड़ में जाएँ आप और आपकी अदायगी। आपका बताया एक इंच नहीं उतारूँगी।

मास्टरजी : नहीं करोगी–यानी? हर बात कहने का ढंग होता है–एक तौर-तरीका।

ग़ज़ाला : आह हा, तरीका, बहुत खूब।...बुद्ध बन्दर बनकर मजनू की तरफ देखो–ऐसे–*(करके दिखाती है)* और आहिस्ता-से दुपट्टा सरका दो, फिर ऐसे पीछे की तरफ हटो और शरमाओ –नीची आँखें, ठोढ़ी पर हाथ *(भाव बदलकर)* क्यों? क्या तुक है इसमें? बोलिए।

मैत्री : *(धीरे-से)* ग़ज़ाला!

मास्टरजी : *(शै पाते ही)* मंच पर हर अदा खूबसूरत लगनी चाहिए– श्रोता मुग्ध हो जाए, देखनेवालों के मुँह से निकले, 'वाह, जवाब नहीं।'

ग़ज़ाला : साफ-साफ कहिए न, चवन्नी-अठन्नी के इनाम उठाना चाहते हैं।

मास्टरजी : मैं सिर्फ़ बधाई और तालियों की बात कर रहा था।

ग़ज़ाला : स्तर ऊँचा है, पर नीयत वही बाजारू।

मास्टरजी : देखो, हद से ज्यादा मत बढ़ो–नई-नई लड़कियों को सिखाते-

सिखाते बाल पक गए–इस शहर का सबसे पुराना स्टेज-डायरेक्टर हूँ–रायजी से पहले का, और ये गुहा-फुहा मेरे सामने नहीं टिक सकते–तीस सालों से मंच पर बोलबाला रहा है...

ग़ज़ाला : फिलहाल थोड़ा आराम फरमाइए न।

मास्टरजी : *(चुप खड़े बाकी लोगों से)* सुन रहे हैं इस गँवार लड़की को? इसकी हरकतें देख रहे हैं? स्टेज पर खड़ा होना आता नहीं और लगी ज्ञान बघारने।

ग़ज़ाला : फिर काहे कष्ट उठाते हो मास्टरजी? लाख जतन पर भी कौआ हंस की चाल न चलेगा, वह पड़े आपके घुँघरू। *(जाने लगती है।)*

मास्टरजी : *(हाथ पकड़ते हुए)* दिल मत छोटा करो, तुम कर लोगी–तुममें वह हुनर है।

ग़ज़ाला : *(हाथ झड़कते हुए)* हाथ लगाना जरूरी है? दूर से बात नहीं कर सकते?

मैत्री : ग़ज़ाला, जरा तमीज़ से पेश आओ।

ग़ज़ाला : इनको सिखाइए न तमीज़। मौका मिला नहीं कि कभी कन्धे पे हाथ, कभी–*(दबे स्वर में)* आपको वहाँ रहना चाहिए–ऐसे घूरेंगे कि...

मास्टरजी : जैसा बताओ, उल्टा करेगी, टोको तो बहस करने को तैयार।

ग़ज़ाला : इसका मतलब यह नहीं कि...

मैत्री : आपसे शरमा रही होगी। चल ग़ज़ाला, घुँघरू उठा ले, शाबाश।

ग़ज़ाला : *(उठाते-उठाते रुक जाती है)* आपने भी इनसे सीखा? *(पल-भर चुप्पी, फिर कल्पना की कड़वी हँसी–जोर-जोर से झाड़ू देने लगती है।)*

मैत्री : क्यों बिगड़ रही है? तू नहीं चाहती, तू भी अच्छी एक्ट्रेस बने–बड़े-बड़े रोल करने को मिलें?

ग़ज़ाला : चाहती हूँ।

मैत्री : बस बात खत्म। जैसा कहते हैं–करती जा।

कल्पना : बस करती जा। इस मंच के लिए हर तरह के पापड़ बेलने पड़ते हैं।

किरण : *(पपट से)* सुना?

मैत्री : *(मास्टरजी से)* आपको ख्याल रखना चाहिए। वह जमाना लद गया, जब गरीब घर की खूबसूरत लड़कियाँ पेट भरने के खातिर आतीं...

मास्टरजी : तुम समझा रही हो–मुझे? राय साहब समझ लिया।

मैत्री : अपनी आदतें नहीं बदलेंगे? किरण, ग़ज़ाला, भले घरों की, पढ़ी लिखी नेक लड़कियाँ...

मास्टरजी : यहाँ क्यों चली आईं?

मैत्री : उनसे बर्ताव करना...

मास्टरजी : मेरी नजर में, उन सबसे मँजी कलाकार तुम हो, पर मैनिजरी में न पड़ो तो अच्छा हो--क्या फायदा–दो कहोगी, चार सुननी पड़ेगी, अपने गिरेबान में झाँक तो लो।

मैत्री : *(उत्तेजना छिपाने के लिए, कल्पना से)* इतना क्यों रगड़ रही हो?

कल्पना : राय जी ने कहा, जमकर सफाई कर दो। दिल्ली से कोई मेहमान आनेवाले हैं।

किरण : दिल्ली से ?

मास्टरजी : हाँ, अकादमीवाले, इस कस्बे में खटने के लिए राय साहब को प्रशस्ति–पत्र और इनाम मिलनेवाला है। उसी की फॉरमैलिटी पूरी करने...

मैत्री : उन्होंने बताया नहीं?

मास्टरजी : सुना है ग्रुप को भी दिल्ली बुलाया जाएगा, दो–एक नाटक खेलने को भी कहा जाए। कहिए ग़ज़ालाजी, मिजाज़ ठंडे हुए या नहीं? *(वह चुप)*

कल्पना : लगता है सबको साँप सूँघ गया। *(मास्टरजी का हँसते हुए जाना।)*

मैत्री : दिल्ली जाने से क्या होगा? हम जहाँ हैं, वहाँ कुछ नहीं कर पा रहे।

कल्पना : सोचने लगो तो फिजूल का खर्च है। *(ग़ज़ाला से)* फिर तुरपन उधेड़ लाई?

ग़ज़ाला : हम दिल्ली जाएँगे। सच, क्यों किरण, हो सकता है वहीं काम मिल जाए।

किरण : जरूर मिलेगा। ए.आई.आर. पर अनाउंसर की नौकरी...

ग़ज़ाला : इसके लिए तो मुझे लखनऊ से कॉल आया है–पर दिल्ली

की बात ही अलग है।

कल्पना : उसका घर-बार यहाँ है।

किरण : इसे जरूर अजीत देगा, लखनऊ की कॉल से ही बेचारे का दिल बैठा जा रहा है।

मैत्री : *(कल्पना से)* उन्होंने कब बताया?

कल्पना : याद नहीं, शायद दो-चार दिन पहले।

मैत्री : अजीब है। *(उठकर एक ओर चली जाती है।)*

कल्पना : दिल्ली का सौदा मैत्री के गले उतरा नहीं लगता।

किरण : अवार्ड का रोना? हाँ, उन्होंने भी ग्रुप के लिए किया तो है।

कल्पना : किसने नहीं किया?

मैत्री : लौटकर, यही दो टके के ऐक्टर ही हमीं को नहीं पूछेंगे... *(बड़बड़ाते हुए निकल जाती है।)*

ग़ज़ाला : चलो न, हम लोग प्रैक्टिस करें।

किरण : मास्टरजीवाले सीन की?

ग़ज़ाला : *(मुँह बनाकर)* रहने दो।

किरण : नहीं-नहीं गुहा सरवाला-व्यावहारिक अभिनय-ठीक है? पर किस मूड में कौन-सा रस होता है, यह बताना भूल गए। आज पूछेंगे...

ग़ज़ाला : पर अभी जो मेघदूत आनेवाले हैं।

किरण : उससे क्या *(पपट से)* क्यों जी-आने दो।

ग़ज़ाला : उनको भी कुछ दिखाना पड़ेगा। वर्ना वह हमें कैसे चुनेंगे?

किरण : व्यावहारिक अभिनय के साथ प्रदर्शन नहीं जमेगा?

ग़ज़ाला : कुछ तो करना होगा।

किरण : हाँ, पहले स्वागत होगा।

ग़ज़ाला : और क्योंकि इसका जिम्मा महिलाएँ उठाती हैं, सो-दौड़ती हुई यह हम करेंगी। *(किरण के हाथ से पपट छीनती है।)*

किरण : यह क्या।

ग़ज़ाला : पहले अपने नाच की प्रैक्टिस, फिर कठपुतली नचाने की।

किरण : नाराज हो जाएगी।

ग़ज़ाला : मना लेंगे, पहले हम...

किरण : जो भी करो, मास्टरजी की शैली में-आकर्षक होना चाहिए।

ग़ज़ाला : उफ्फो। *(पैर पटकती है।)*

किरण : अच्छा बाबा। नमस्कार ऐसे। *(मुद्रा बदलकर)* ऐसे? या फिर

यूँ–या क्यों नहीं–*(चक्कर लेकर)* सलाम साहब।

ग़ज़ाला : आइए, आ जाइए, तशरीफ लाइए, इधर, हाँ–हाँ इधर आहिस्ता, फ़र्श न टूट जाएँ, काँच के बने हैं न।

किरण : दिल्ली से आए–उड़नखटोले में बैठकर?

ग़ज़ाला : बेकार कष्ट किया। हमसे कहते, यूँ ही चले आते।

किरण : ऐसे मत कह। मेहमान लौट जाएँगे। बाहर क्यों रुक गए। जब यहाँ तक चले आए, तो चार कदम और सही। बरसों से आपका इन्तजार था। क्या कहा, मंच से डरते हैं? अजी नहीं, आप पर कोई भेस नहीं थोपेंगे। वह सिर्फ, हम अभिनेताओं की सामग्री है।

ग़ज़ाला : *(खुद एक मुखौटा पहन, दूसरा किरण की ओर फेंकती है, जो उसे पहन लेती है)*, जी हाँ, ये देखिए–हम आपके सामने, क्या से क्या हो गए, भड़कीले, चटकदार, खूबसूरत अक्स।...

किरण : मज़ा नहीं आया? दरअसल, हमसे गलती हो गई–असली चेहरे दिखा दिए, जिन्हें बैक स्टेज उतार देना चाहिए।

ग़ज़ाला : गुहा सर की भाषा में, व्यवस्थित रंगमंच की आदत न होने की वजह से...

किरण : यह ग्रुप अक्सर ऐसी गलतियाँ कर बैठता है।

ग़ज़ाला : सिर्फ तनख़ाह पा लेने से आप प्रोफेशनल नहीं हो जाते, उसके लिए रवैया चाहिए।

किरण : शश, वह नहीं बताना–आप आ जाइए न *(कान लगाकर सुनती है)* घबरा गए। अरे आप समझे नहीं–बहुत मासूम–सी दुनिया है, यहाँ कुछ घटता नहीं, सिर्फ दीखता है, बनावट है।

ग़ज़ाला : *(इधर-उधर दौड़ते हुए)* झूठ–सच का आँख-मिचौनी खेल। *(कभी दुपट्टा पहनती है, कभी उतारती है) यह पहना, यह ओढ़ा, कभी इस अदा से, कभी उस अन्दाज में। (जूता उतारते हुए)* इसे ठेला, उसे पटका, मींच के आँखें दुनिया से, नया-नया रूप रचाया, हँसती–गाती–सी तस्वीरों का बना मेला अजूबा...*(दोनों घूमती हैं।)*

किरण : *(रुककर जैसे किसी ने टोका हो)* खेल ही करते हैं, या–? जी हाँ, जी हाँ *(पपट और विग उठाते हुए)* हम अक्स रचाते, अक्स बनाते, अक्स दिखाते हैं। थोड़े हेर-फेर से, शक्लें नाते कई हजार *(पारम्परिक अभिनय की मुद्रा लेते हुए)* ये लैला

है। *(फ्रीज)* यह सीता *(फ्रीज)* दूर शिखर पे खड़ी कैकेयी *(फ्रीज)* वन में डोल रही शाकुन्तला *(फ्रीज)*

ग़ज़ाला : *(अभिनय के साथ-साथ)* यह हँसने की मुद्रा, वह रोने की, शोक में हाथ-पे-हाथ धरे, यूँ बैठे वियोग में-ऐसे सिर झुकाए आपके आगमन में।

किरण : पसन्द नहीं आए?

दोनों : *(कीकली में घूमते हुए)* सब घिसे-पिटे हैं, घिसे-पिटे अक्स पुराने, राग लुभाने, चन्द दिनों के नहीं, हैं साल पुराने, यह-नौ रंग के नौ तराने, नए-नए बहाने, वही-वही नजारे, यह गोल-गोल हैं, गोल-गोल, सब घिसे-पिटे हैं, घिसे-पिटे-

ग़ज़ाला : *(सहसा)* क्या कहा, नहीं पहचाना? मैं हूँ लैला, आपकी माशूका।

किरण : याद है, मिले थे बारिश में, टीन की छत के नीचे-

ग़ज़ाला : और वह सीता-

किरण : *(घूँघट काढ़कर)* आपकी धर्मपत्नी।

ग़ज़ाला : *(मैत्री की जगह की ओर इशारा कर)* वह कैकेयी-

किरण : है सर्पनी।

ग़ज़ाला : और सबसे अधिक परिचित *(कल्पना की ओर इशारा कर)* गुमसुम, तटस्थ, कौशल्याजी।

किरण : खेल खतरनाक हो गया? इसमें हमारा क्या कसूर?...नाटक के किरदार और जिन्दगी के तजुर्बे टकराएँगे ही। खैर, हम अभिनेता तो झेल जाएँगे, अपनी सोचिए, क्योंकि हम सिर्फ अक्स दिखाते हैं, आप उन्हें जिन्दगी में उतारते हैं, वैसा जीने की कोशिश करते हैं। एक तरह से वह आपका निजी मामला है-चाहें तो नकार भी सकते हैं। *(स्वगत होते-होते)* पर इतनी हिम्मत...और जब हम किरदारों को खेलते हैं-एक बार, दो बार, बीसियों बार तो...?

ग़ज़ाला : देखा, काम नाजुक है। इसलिए हमारे राय साहब को हेर-फेर पसन्द नहीं। वही दिखाते हैं, जैसा आप अक्सों की महफिल में देखते हैं। जिन्दगी से उसका कितना तआल्लुक है-यह हमारे मास्टरजी से पूछिए-वहाँ हैं उधर, नौ रसों का सस्ता रूपान्तर तैयार कर रहे हैं।

किरण : *(हलका-सा खीझकर)* इतना जानने के बाद भी हिम्मत नहीं

हुई? *(दरवाजे के पास जाकर)* देखिए, बार-बार मौका नहीं, अबके नहीं आए, दुबारा कोई नहीं पूछेगा। ठीक है मत आइए, *(कल्पना, जो चीजें समेट रही है, के हाथ से धनुष खींचकर)* जनाब, अब आए भी तो इससे-*(तपाक से देव का प्रवेश, वह बौखला जाती है।)*

देव : माफ कीजिए, वक्त से पहले पहुँच गया।

कल्पना : यह जादू की नगरी है-पहले-बाद सब चलता है, दिल्ली से आए हैं?

देव : कैसे मालूम?

ग़ज़ाला : जादू। बैठ जाइए *(पास आकर मुँह बनाते हुए)* हम आपसे कुछ नहीं कहेंगे।

देव : *(अटपटा महसूस कर, किरण की ओर घूमता है)* यहीं काम करती हैं?

किरण : *(रूखे स्वर में)* सात साल से।

देव : लम्बा अरसा है।

किरण : हूँ, खासतौर से जब दुनिया छोटी हो।

देव : मतलब?

किरण : *(अन्दाज बदलकर, जादूगरनी-सी)* अलीगढ़, दिल्ली की सैर करके अब यहाँ आए। लगता है कॉलेज की नौकरी भायी नहीं?

देव : छः साल पहले छोड़ दी थी।

किरण : बहुत खूब। *(उसे घूरते हुए)* तब आप टाई नहीं लगाते थे। *(देव अवाक्)* सर्दियों में विण्ड शीटर पहनते थे, बारिश में भीगने का शौक था...लाइब्रेरी के बाहरवाली घास पर जूते उतारकर...

देव : एँ-यह क्या।

किरण : खेल-तमाशा है। मोटी-सी किताब पर सिर टेक किसी लड़की को देखते थे...

देव : ए, सुनो...*(मुखौटा उतारना चाहता है।)*

ग़ज़ाला : ऐ, हाथ मत लगाओ *(धीमे स्वर में)* रोल के अलावा...

देव : पर?

किरण : अलीगढ़ से साहित्य में स्नातक, लेक्चरॉर, अपने जमाने के काफी रंगीन मिजाज आशिक...

ग़ज़ाला : आगे...

किरण : फिलहाल शादी-शुदा, पत्नी स्कूल में टीचर-एक बच्ची है।

देव : पूरा चिट्ठा खोल दिया।

किरण : बाकी छिपा लिया। मैं भी सीता हूँ। *(दुपट्टे से घूँघट कर लेती है।)*

देव : पहेलियाँ मत..

किरण : *(सिगरेट का पैकेट निकालते हुए)* सिगरेट पीजिएगा--वही गोल्ड फ्लेक। *(देव हैरान)*

[तभी बाहर से अजीत का प्रवेश। हाथ में फूलों का गुलदस्ता और स्थानीय दैनिक अखबार।]

अजीत : आप यहाँ हैं, देवीजी। सराफे के मोड़ पर आपका इन्तजार करते रहे।

ग़ज़ाला : *(उस ओर भागते हुए)* गुहा सर भी आ गए?

अजीत : *(काटते हुए)* बिना बताए चली आई। उल्लू-सा फूल लिये खड़ा रहा--मजबूर होकर अखबार खरीदना पड़ा।

ग़ज़ाला : *(फूल लेते हुए)* इतने खूबसूरत फूल और ऊपर से नाराज़गी-जँचती नहीं।

अजीत : अब बात मत बनाओ।

ग़ज़ाला : बेचारे फूल-इन पर किसी को रहम न आया, इतने प्यारे, कि दिल आ जाए, रूठे आशिक मान जाएँ, बिछड़े महक से खिंचे चले आए, दर्द मोहब्बत सुर्ख हो जाएँ *(अजीत लिफ्ट नहीं देता, तो देव किरण के पास जाकर)* मैंने कहा जी, यह लैला के फूल हैं।

देव : दाम बताइए।

ग़ज़ाला : दोस्ती का हाथ बढ़ाओ।

किरण : *(हँसते हुए)* यह नहीं कर पाएँगे...

देव : ऐसा। *(गुलदस्ता उठाते हुए)* यह लो और वह मुखौटा उतार दो। अजीब-सा लगता है।

किरण : उतारने पर और अजीब न लगे।

देव : नहीं लगेगा।

किरण : छोड़िए, इनका दिन-रात यही काम है।

किरण : सोच लो।

देव : अब उतारो भी।

किरण : हैरान मत होना। *(पीछे हटकर मुखौटा उतारती है, फिर शैतानी से धीरे-धीरे उसकी ओर घूमती है, दुपट्टा हटाते हुए।)*

देव : *(अवाक्)* किरण। *(वह हँसती हुई एक तरफ हटती है।)* सचमुच, इतने सालों बाद।

ग़ज़ाला : शुक्र है, पतिदेव ने नहीं देखा।

अजीत : तुम देखो, वह देखते रहते हैं। *(किरण देव के पास जाकर)* आपने आज का अखबार पढ़ा? दहेज के कारण तीन हत्याएँ। *(दोनों अटपटा महसूस करते हैं—अजीत को अच्छा लगता है।)* इस नाचीज को अजीत कहते हैं, यह हमारे ग्रुप की सीताजी—मैं इनका लक्ष्मण—उनका यानी लैला का मजनू...

देव : आई सी।

अजीत : आप?

ग़ज़ाला : सँभलकर बात करो—दिल्लीवाले हैं।

अजीत : तुमसे पूछा है? *(ग़ज़ाला जीभ निकालकर भागती है। वह नाटकीयता में)* हमसे भागो न दूर, ग़ज़ालों की तरह, हमने चाहा है तुम्हें, चाहनेवालों की तरह।

ग़ज़ाला : खुद्दार न होती उलफत, हम रूह में उतरे होते,
तुमने चाहा ही नहीं हमें, चाहनेवालों की तरह।

अजीत : वह कैसे चाहते हैं?

ग़ज़ाला : फूल लाएँ न लाएँ, मगर...

अजीत : मगर?

ग़ज़ाला : अपनी पनाह को दायरा नहीं बनाते।

अजीत : यानी?

ग़ज़ाला : अगर मैं नौकरी के लिए लखनऊ जाना चाहूँ, तो तुम्हें रोकना नहीं चाहिए।

अजीत : हम्मम् देखो जहाँ जाना हो जाओ—पर यह तोहमत नहीं सहेंगे। *(उन्हें देख किरण और देव मुस्कुराते हैं।)*

[मास्टरजी का प्रवेश।]

मास्टरजी : यह गुल खिलाए जा रहे हैं। वहाँ इन्तजार है कि—

ग़ज़ाला : मास्टरजी, नाराज मत होइए, वर्ना यह दिल्लीवाले आपका इण्टरव्यू नहीं लेंगे और—

मास्टरजी : घुँघरू उठाओ और रिहर्सल पर चलो।

ग़ज़ाला : *(फूल उठाते हुए)* यह फूल देख रहे हैं? कितना प्यारा,

कितना कोमल...

मास्टरजी : घुँघरू उठाओ और...

ग़ज़ाला : *(नाटकीयता से)* सुनहरा, मनोहर, चमकता हुआ–

अजीत : यह क्या बेहूदापन है।

ग़ज़ाला : ऐसे ही सिखलाया था, नहीं?

अजीत : इतना बाजारू है कि...

ग़ज़ाला : नेकनीयत लैला और बाजारू हरकतें। सुना मास्टरजी, आपका कलाकार कह रहा है कि...

अजीत : वह नाटक का हिस्सा है।

ग़ज़ाला : जैसा यहाँ, बाजार सस्ता, वैसा कहाँ–

अजीत : अभी तुमने बाजारूपन देखा नहीं है।

ग़ज़ाला : नहीं देखा?

अजीत : रंग दिखा दूँ तो दिन में तारे दिखने लगेंगे।

ग़ज़ाला : जिन्दगी-भर हाथ मलते रह जाओगे।

अजीत : तो देख लेना आज रिहर्सल में...

ग़ज़ाला : वाकई?

अजीत : हम डायरेक्टर न हुए, मँजे हुए अभिनेता तो हैं।

ग़ज़ाला : क्या करोगे?

अजीत : रुला दूँगा।

ग़ज़ाला : तुम भी देख लेना–आप सब देख लेना–मैं भी वहीं करूँगी और वैसे ही करूँगी, जैसा मुझे ठीक से लगेगा।

मैत्री : *(जो इस बीच आ चुकी है)* बस, बस, बहुत बोल ली–अब उठ और कपड़े बदल, बात बनाने के पैसे नहीं मिलते। आप लोगों ने भी कोस्ट्यूम नहीं पहने?

[ग़ज़ाला पैर पटकते हुए स्क्रीन के पीछे चली जाती है।]

मास्टरजी : नखरा देखो। गुहा साहब ने खामखा सिर पर उठा रखा है।

अजीत : आप रहने दीजिए।

मास्टरजी : गुहा साहब की मेहरबानी। चिड़ियाबाजी का पुराना शौक है।

अजीत : क्या मतलब है?

मास्टरजी : गलत कह दिया?

अजीत : अपने लफज वापिस लीजिए। चिड़ियाबाजी! हूँ–इसका मतलब भी जानते हैं?

मास्टरजी : सब जानता हूँ–सब कुछ–आपको भी और आपके विद्वान डायरेक्टर को भी।

अजीत : आप इस तरह किसी का नाम नहीं उछाल सकते।

मास्टरजी : मतलब? यह कोई बात नहीं बनी...वह देर से आए, काम न सीखे, कपड़े पटके और कोई कुछ कहे ही न...

अजीत : कह लीजिए चिल्ला-चिल्लाकर–यह पड़ा आपका स्क्रिप्ट और मैं चला–

मास्टरजी : जाइए–तुम्हारे जैसे ऐक्टरों की कमी नहीं है। पर अमाँ, यहाँ नहीं निभा पाए, तो दाल और कहाँ गलेगी?

अजीत : रोल नहीं करेंगे। कोई जबरदस्ती है क्या–अच्छी-खासी नौकरी मिल जाएगी। दो टकों का पर्दाफाड़ हारमोनियम नहीं बजाना पड़ेगा।

मास्टरजी : मैं ऐक्टर नहीं, कलाकार हूँ जनाब। और मैं सिर्फ डिसेप्लेन की बात कर रहा हूँ, जिसकी इस मौके को बेहद जरूरत है।

मैत्री : आप लोग चुप करेंगे या नहीं?

अजीत : यह कुछ कहें, मुझे क्या, पर ग़ज़ाला और गुहा के बारे में कुछ नहीं कहना चाहिए। उसका और मेरा, आप जानती हैं करीबी रिश्ता है–वह एक तरह से मेरी मँगेतर है, और– *(ग़ज़ाला हँसती है।)*

अजीत : शट अप, ग़ज़ाला।

ग़ज़ाला : खामोशी मेरा जवाब है, उनके गरूर का ख्याल है, उनको चाहा वह बात और है, मेरा दिल तो मेरा है–मुझको मुझसे छीना है?

मैत्री : मुनिया, यही नहीं जानना चाहिए–चुभन होगी।

ग़ज़ाला : शुरू हो गई। यह कपड़ा है, मछली के काँटे? *(बाहर निकलती है, पर स्क्रीन ढलक जाता है। पीछे, किरण और कल्पना। किरण, रस्सी पर से हरे-नारंगी रंग की साड़ी खींच रही है।)*

किरण : *(व्यंग से मगर काव्यात्मक लय में)* आ, आ री, सीता की रूह–वस्त्रों में दुबकी आ-जा री–सब सलवटों के साथ तन पर छा–जा री–आ, आ री, सीता की रूह–नए-धुले से कपड़ों में–कलफ की धुपैली महक-सी–रोम-रोम पर तैर जा री–आ, आ री, *(साड़ी लपेटती है–चूड़ी पहनती है।)* आ

खनक-खनक सी, खड़काती आ-सौ पहरों का शोर लिये-धड़कन पर एक मार-सी-और कहें जिसे मधुर-मधुर, आ आँख चुराती, सीता की रूह...*(दिलचस्पी बढ़ने से देव और पास जाता है।)*

कल्पना : *(देव से)* रोज-रोज वही भूमिकाएँ मँडराती रहती हैं न-इसी बोरियत से बचने के लिए...

देव : आई होप आई एम नॉट डिस्टर्बिंग।

मास्टरजी : अजी, कैसी बात करते हैं?

किरण : *(शीशा देखते हुए कल्पना विग लगाती है)* हाँ, ठीक है। मुखौटा पूरा हो गया।

देव : ऐक्टिंग का पुराना शौक।

किरण : मालूम होता, मैं यहाँ हूँ, फिर भी आते?

देव : जरूर आता।

किरण : *(शीशा रखते हुए)* अब मैं सीता हो गई।

ग़ज़ाला : और मैं, यह पहनकर, मलिका-ए-हिन्द बन गई। बोलिए, क्या काम है? मजनू। ओ हो-जरा रुकिए।

अजीत : इतराओ मत। सूर्पनखा लग रही हो।

ग़ज़ाला : हाय, ऐसी सूरत पे मजनू फिदा हुआ। तोबा-तोबा...।

देव : नो, सेन्स ऑफ ब्यूटी। *(दरवाजे पर ग़ज़ाला की उम्र की लड़की, चन्दा आकर खड़ी होती है।)*

ग़ज़ाला : अजी जाने दीजिए। *(एक्शन में आते हुए)* हे लक्ष्मण, मैं तुम्हारे रूप को देखकर मुग्ध हो गई। चन्दा नहीं आई न-बस, ठीक है। यह सूरज-सी छवि, कमल-सी काया, नील नयन-से गहरे नयन-हे लक्ष्मण, तुम चुप क्यों हो?

चन्दा : देख रहा हूँ देवीजी, आप किस हद तक बढ़ती जा रही हैं।

अजी : आ गई। डिसप्लिन का जरा ख्याल नहीं, तभी गुहा तुम्हें कास्ट नहीं करता।

ग़ज़ाला : तू लक्ष्मण? *(अजीत की तरफ देखकर)* ठीक है, यही सही-मैं, रावण की बहन, सूर्पनखा, तुम्हारे आगे अपनी झोली पसार...

चन्दा : *(कल्पना से इशारे से कैंची माँगते हुए)* पछताएगी, कहे देता हूँ-वर्ना हट जा-आँखों के सामने से दूर हो जा। नहीं? *(लपककर कैंची लेते हुए)* हमारी संस्कृति में अबला पर

हाथ उठाना अत्याचार माना जाता है।

ग़ज़ाला : फिर तुम मेरी प्रार्थना स्वीकार करोगे। यह रूप तुम पर न्यौछावर है।

चन्दा : इतना घमण्ड है इस रूप पर तो–*(नाक काटने का माइम करता है। ग़ज़ाला झूठा रोते हुए गिर जाती है। मास्टरजी अखबार में चेहरा छुपाते हैं।)*

किरण : सुन्दर-सी शान्त वाटिका में रोने की आवाज कहाँ से? *(पास जाकर)* बहन, तुम क्यों रो रही हो?

ग़ज़ाला : देखो, तुम्हारे देवर ने मेरा क्या हाल किया?

किरण : लक्ष्मण ने। वह तो अहिंसा का पुजारी है।

चन्दा : सीन चेन्ज, रोल चेन्ज। *(बन्दर का मुखौटा पहन, मेज पर चढ़ जाता है)*

किरण : तुम्हें जरूर कुछ गलतफहमी हुई है।

चन्दा : माँ सीता सूर्पनखा के मुँह लग रही है–सुनूँ तो जरा...

किरण : इच्छा के विरुद्ध कुछ किया होगा?

ग़ज़ाला : न–बल्कि, यह कहा कि मुझे उससे प्यार हो गया...

किरण : शिव-शिव। ऐसी बातें नहीं कहते।

ग़ज़ाला : मन की बात...

किरण : मैंने आज तक राम से यह नहीं कहा।

ग़ज़ाला : उन पर दिल नहीं आया होगा।

किरण : आहिस्ता–वे मेरे पति हैं।

ग़ज़ाला : भूल ही गई, तुम्हें अकेला देखकर।

किरण : वियोग में हूँ न।

चन्दा : सुन रहा हूँ बीबीजी। एक-एक बात जाकर बताऊँगा।

किरण : हनुमान तुम। मुझ पर नजर रखते शर्म नहीं आती?

चन्दा : साहब के पास रपट दर्ज कराऊँगा। उन्हीं का खाता हूँ।

किरण : नहीं–नहीं–इसका हाल देख रहे हो? चाहते हो, मेरी भी यही गत हो?

चन्दा : मसाला, भरा मालामाल, तब आती है रूट पर, वर्ना गाड़ी जाए लाइन पर–भेजूँ भैया राम को तार, चलती भाभी ऐसी चाल, देवें बैरी सुर को ताल।

किरण : नहीं, नहीं रे–सुन मेरे हनुमान भैया–होके रुसवा मत जा रे–लम्बी तेरी राह-डगर, चख के आमफूल जाइयो रे–सुन मेरे

हनुमान भैया।

अजीत : *(मजनू के अन्दाज में)* सीते, हे सीते–यह मैंने क्या सुना–तूने रावण की बहन को अपनी बहन कहा–तूने मेरे दुश्मन से रिश्ता जोड़ा–हाय सीते–तूने यह क्या किया।

चन्दा : और मुझे आमफल की रिश्वत दे रही थी। कहने लगी...

अजीत : बस, बस, जले पर नमक न छिड़को। कभी हँसना, कभी रोना, कभी हैरान हो रहना, मोहब्बत क्या भले–चंगों को दिवाना बना देती है।

मास्टरजी : *(अखबार पटककर)* मैं पूछता हूँ, यह हो–हुल्लड़ किसलिए? जो नाटक हम करते हैं, चाहते हैं दर्शक गम्भीरता से लें–उनका इस बेशर्मी से मजाक उड़ाया जा रहा है? जो आदर्श पेश करते हैं, उनके लिए रत्ती-भर श्रद्धा नहीं? *(पल–भर चुप्पी)*

किरण : नहीं है।

देव : इण्टरस्टिंग।

मास्टरजी : फिर क्यों करते हैं? मत कीजिए।

किरण : और चारा नहीं है।

देव : पर किरण, मैं भी पूछना चाहूँगा–सीता–वीता के रोल करना कैसा लगता है?

किरण : दोगुलापन।

देव : मत करो।

किरण : तुम्हें गोल्ड फ्लेक पसन्द है–न मिलने पर बाईस नम्बर बीड़ी नहीं पियोगे?

मास्टरजी : सुन लिया? ऐसी है यह ग्रुप।

ग़ज़ाला : मास्टरजी, आप भी कुछ इम्प्रोवाइज करिए। बगुले भगत का रोल बहुत अच्छा कर सकते हैं। आँख बन्द कर, झप–झप माला फेरो और आह, यह उतरी परी कि...

मास्टरजी : यह लड़की...

ग़ज़ाला : पसन्द नहीं आया?

मास्टरजी : इसे तो–*(घुँघरू उठाकर उसकी ओर लपकता है, वह बचती है।)*

ग़ज़ाला : कैस–कैस, तुम कहाँ हो?

अजीत : लैला। उसकी आवाज। उसने पुकारा? लैला। *(जोश में उस*

ओर बढ़ता है कि तपाक-से बाहरवाला दरवाजा खुलता है। गुहा का प्रवेश।)

गुहा : ओ हो, रिहर्सल इज ऑन, लेकिन भाई किस नाटक की?

मास्टरजी : आपकी मेहरबानी है सा'ब। इतनी छूट दे रखी है कि नाटक चाक-चाक हो रहे हैं।

गुहा : उफ्फो मास्टरजी। आप लोग क्यों रुक गए? कैरी ऑन प्लीज।

अजीत : व्हाट कैरी ऑन। आते ही गड़बड़ कर दिया।

चन्दा : डायरेक्टर जो ठहरा।

अजीत : सब डायरेक्टर, साले ऐक्टरों से खार खाते हैं।

गुहा : *(देव से)* पहुँच ही गए बन्धु। *(दोनों प्रेम से मिलते हैं।)*

अजीत : एन.एस.डी. और अकादमी गले मिले।

गुहा : रायजी से मुलाकात हुई?

कल्पना : बुलाऊँ?

गुहा : पूछने की बात है? *(कल्पना जाती है)* पुराने कलाकार हैं, मँजे हुए, पर आज की दुनिया से कोई वास्ता नहीं।

मास्टरजी : तभी उनकी कला जिन्दा है।

गुहा : यह आपका ख्याल है मास्टरजी।

मैत्री : *(सामने आकर)* जान सकती हूँ, आप दिल्ली से किसलिए आए हैं?

देव : आपकी तारीफ?

गुहा : मैत्रीजी ग्रुप की पुरानी एक्टरेस है–लाजवाब, अपने फन में माहिर।

मैत्री : आपके आने का हगें अन्देशा न था।

गुहा : मुझे अफसोस है कि...

मैत्री : क्यों चाहते हैं, इस अपने नाटक दिल्ली में खेलें?

देव : हर ग्रुप चाहता है, हर कलाकार की इच्छा होती है कि...

मैत्री : मैंने नहीं चाहा। *(सब हैरान)*

ग़ज़ाला : अब कहने से क्या होगा।

मैत्री : पहले किसी ने पूछा नहीं।

मास्टरजी : राय बाबू से अकेले में कहिए, पूछिए–तुम्हारी बात टलेगी नहीं।

मैत्री : *(अपने से)* इस चुप्पी ने हमारे रिश्ते को तोड़ दिया।

मास्टरजी : मकान बदलने पर आदमी क्यों वही रहे।

मैत्री : सहमत नहीं हूँगी–जान गए होंगे। *(कल्पना के साथ राय का प्रवेश। पचपन वर्ष के शान्त स्वभाव, कल्चर्ड व्यक्ति, गुहा को ज्यादा पसन्द नहीं करते, ठंडी चुप्पी इसका संकेत है।)*

गुहा : अकादमी से आए हैं।

देव : *(पास जाकर)* प्रशस्ति पत्र के लिए आपको बहुत–बहुत बधाई।

राय : सबको दीजिए। इनके बिना मैं क्या कहूँ?

देव : फोटो खींच सकता हूँ? सब पास आ जाइए– *(कुछ मन, कुछ बेमन से ग्रुप इकट्ठा होता है। राय को बीच में बिठाते हैं, नटखट चन्दा और ग़ज़ाला चँवर पकड़ लेती हैं। मास्टरजी उनके बहुत पास खड़े होते हैं। ऊपर से अजीत ध्यान नहीं देता, पर बाल में कंघी जरूर फेरता है। बुझी–बुझी मैत्री भी कोने में खड़ी हो जाती है।)*

देव : एक और दादा, आपका अलग से।

राय : एक और–पत्नी के साथ *(कल्पना से)* आओ। *(घबराई हुई हैरान कल्पना आती है। देव क्लिक करने ही वाला है कि–)*

मैत्री : *(अवाक्)* यदि महाराज की आज्ञा हो, आज्ञा क्यों अनुमति–यदि आप अनुमति दें महाराज, तो मैं अठारह साल पहले दिया वचन याद दिला दूँ? याद है प्राणनाथ, युद्ध का वह मैदान जब एक रथ–आँधी की गति से आपको चीरने आ रहा था। प्राणनाथ, उस क्षण को याद कीजिए और इन अठारह वर्षों का सुख और आनन्द जो आपको जीवन में मिला... *(सब अचम्भित)*

राय : मैत्री।

मैत्री : आपका पर्दा है–आपकी शर्म।

राय : एकदम से मुझे...

मैत्री : छोड़िए।

गुहा : डायलॉग हैं नाटक के। उसी के कुछ अंश तुम्हें दिखाना चाह रहा था–प्लीज, एवरी बॉडी गैट रेडी।

किरण : पहले देर से आया, अब पी.आर. सही कर रहा है।

अजीत : सही है भैया। डटे रहो। अगला कालीदास तुम्हीं को मिलेगा।

मास्टरजी : श–श।...

ग़ज़ाला : चाय नहीं मिलेगी?

मास्टरजी : चुप।

अजीत : साले का बाप आ गया है न।

गुहा : *(देव के माध्यम से दर्शकों को)* मुझे मालूम है, आप क्या पूछना चाहते हैं–मैं क्यों यह नाटक कर रहा हूँ। दरअसल इस कस्बाई शहर में नाटक की परम्परा जो भी रही–लगभग इसी स्तर की है। पुराने प्रचलित नाटक जैसे 'लैला-मजनू', 'सत्य हरीशचन्द्र' यहाँ के लोगों के मन में बैठ चुके हैं। मैं बाहर का हूँ–नाटक की समझ रखता हूँ। और यहाँ आया–क्यों? मुझे बुलाया गया रंगमंच में कुछ तब्दीलियाँ करने को। कोशिश कर रहा हूँ–और यह मेरे लिए चैलेंज है। क्या? इन पुराने नाटकों को आधुनिक समझ देना–उनमें मनोविज्ञान खोजना।

अजीत : सुनो, ग़ज़ाला को लखनऊ में अनाउंसर की नौकरी मिली है।

किरण : अच्छा?

अजीत : बात करोगी उससे। यहीं रहती, अच्छा होता। उस नौकरी में है क्या? कोशिश करे, यहाँ भी मिल सकती–बात करोगी?

गुहा : अब जैसे 'लैला-मजनू' की ही दास्तान है–उसके कितने आयाम हैं, जिनको रोशनी में नहीं लाया गया। राम के जीवन में कितने हिस्से हैं, जिनको समझा नहीं गया। रामलीला आप सभी देखते हैं। नौटंकी भी खूब होती है। गाँव-गाँव में होती रहती है–सार? छीः-छीः-छीः, आपने पुराने सेट देखे हैं–पारसी पर्दों की माफिक। यह देखिए, इनको थ्री डाइमैंशनल इन्वारमेन्ट दे रहा हूँ। यह देखिए, मेहराब का डेप्थ–*(दिखाता है)* किरदार को एकदम जिन्दा कर रहा हूँ।

देव : अपने आप में अच्छा तजुर्बा है।

मैत्री : इस फैंसी ड्रेस परेड के अलावा कुछ होना भी है आज?

गुहा : देखा–यही मैं कह रहा था।

देव : पुरानी आदतों की नई समझ देना।

मास्टरजी : कौन-सा सीन होगा जनाब?

गुहा : लेटस टेक लैला-मजनू–दोनों नए कलाकार हैं–फ्रेश एंड यंग, आप देखेंगे, कितनी जल्दी पिक करते हैं। लैला!

ग़ज़ाला : तैयार हूँ सर!

गुहा : देखा? मजनू...*(जवाब नहीं देता)*

मास्टरजी : मजनू...मिस्टर अजीत कुमार–आपने सुना नहीं?

अजीत : सिर दर्द है। ठीक हो जाएगा। तब तक कुछ और कर लीजिए।

गुहा : किरण?

किरण : फौरन लीजिए–कौन-सा यूनिट?

गुहा : यूनिट फोरटीन–राम और सीता के बीच। राम कहाँ है?

मास्टरजी : आया नहीं सर।

चन्दा : आएगा भी नहीं। परसों मिला था–कह रहा था कि यह रोल ऐसी एक्ट्रेस के साथ करेगा, जिसमें सीता की साक्षात छवि हो–किसी ऊटपटाँग लड़की के साथ नहीं करेगा।

[देव जोर से हँसता है, किरण उसे घूरती है।]

गुहा : यह किरण के बारे में कहा?

चन्दा : सो नहीं मालूम। पर कह रहा था, जिसका मन भी अक्खड़ हो, और कैंची-सी जुबान हो–उसके साथ राम नहीं बनेगा।

किरण : तू कर ले।

गुहा : वह नया लड़का है। उसे क्या पता?

किरण : *(देव की ओर इशारा करके)* कौन किसके बारे में क्या सोचता है–यह अलग बात है, पर बाकी लोगों के टाइम की इज्जत करते हुए, रिहर्सल में आना चाहिए।

गुहा : किसी और से प्राक्सी करवा लेते हैं। तुम्हारा भी रिविजन हो जाएगा।

किरण : नो गुंजाइश फॉर रिविजन–मुझे लाइनें याद हैं।

गुहा : किरण, तुम सचमुच...

मैत्री : टाइम, गुहा साहब टाइम–हर किसी का कीमती होता है।

किरण : सीता-स्वभाव की अभिनेत्री चाहिए–रियली...।

गुहा : *(हिचकिचाकर)* मैडम, आपका और दशरथ का सीन ले लें?

मैत्री : हुकम कीजिए–*(झपटकर मुकुट बाँध लेती है।)*

मास्टरजी : दादा।

राय : चलो *(देव से)* आपको यहाँ का पुराना काम भी देखने को मिल जाएगा।

देव : इसीलिए आया हूँ।

राय : पर भीड़-भाड़ में बात उड़-सी जाती है। कौन-सी सीन गुहा

साहब, आवर एनरजेटिक डायरेक्टर?

गुहा : जिसमें कैकेयी आपके पास आती है।

राय : लेटता हूँ?

गुहा : जी हाँ–स्टार्ट प्लीज। बाकी सब–क्लेयर द स्टेज।

[कुछ हड़बड़, मंच के एक हिस्से पर तेज प्रकाश, बाकियों पर मध्यम। राय, क्लासिकल मुद्रा में ही लेटे हैं। कल्पना चादर फेंकती है। राय बहुत ही अन्दाज से उसे लपेटकर, लेट जाता है। मैत्री का कैकेयी-सा प्रवेश। दरवाजे पर खड़ी उसे निहारती है, फिर पास जाकर चादर ठीक करती है। रुकती है।]

ग़ज़ाला : लाइन–लाइन।

मैत्री : (बिना ध्यान तोड़े, उठकर चलती है। राय चौंकता है, तब धीमी नियन्त्रित आवाज में) यह मैं क्या सुन रही हूँ महाराज? आपने राजगद्दी त्यागने का निर्णय ले लिया? *(चुप्पी, अर्थात् क्या तुमने जीने की आशा छोड़ दी है)* क्या ऐसा करना आवश्यक था? *(पास जाकर)* कुछ देर के लिए रोका नहीं जा सकता।

राय : विद्वानों और मन्त्रियों की यही राय थी। प्रिये!

मैत्री : *(शान्त)* राय वह हर बार देते हैं–पर आप कैकेयी से सलाह किए बिना, निष्कर्ष नहीं लेते थे। इस बार...

राय : दोष क्यों देती हो? वैसे ही अधमरा हूँ–नहीं चाहती, जितने क्षण बचे हैं–चैन से जी पाऊँ?

मैत्री : *(हँसी–अर्थात् मैं नहीं चाहूँगी?)* याद है प्राणनाथ, युद्ध का वह मैदान, जब एक रथ आँधी की गति से आपको चीरने आ रहा था।

राय : उस जीवन-दान का ऋणी हूँ।

मैत्री : उस क्षण को याद कीजिए और पिछले अठारह वर्षों में झाँकिए–इतने वर्षों का सुख और आनन्द जो आपको जीवन में मिला...*(भावुक हो जाती है।)*

गुहा : होल्ड ऑन। लम्बे-लम्बे वक्फे क्यों?

मैत्री : बीच में इतना कुछ है, जिसे शब्द नहीं दिए गए।

गुहा : पर इतनी भावुक क्यों? अचानक से कैकेयी इतनी ईमानदार लगने लगी।...

मैत्री : नहीं थी?

गुहा : कैसी बात करती हो। तुम साँप-सी जहरीली औरत हो, जो इस आदमी को निगलना चाहती है–प्यार से, गुस्से से, रूठकर, आँसुओं से–उसके हर भाव में बनावट है, छल है...।

मैत्री : राय बाबू, सुना?

राय : बहुत बार सुन चुका हूँ।

मैत्री : फिर भी इस सम्बन्ध को आपने जीया।

राय : हूँ।

मैत्री : खुशी से या बोझ मानकर?

किरण : *(देव से)* मैत्री और राय बाबू का सम्बन्ध बहुत गहरा रहा है। वह बात-बात में उसकी राय लेते हैं–हर मामलें में उनकी बुद्धि और उसकी समझ साफ झलकती है–वह भी जोड़ की कलाकार है, पर हमेशा अपने को दबाती रही। आज पहली बार...

ग़ज़ाला : चाय।

गुहा : फिर से एन्ट्री लो। दशरथजी लेट जाइए। थोड़ा और जर्जर बनकर–अब आओ। *(मैत्री सहज आती है)* नहीं, और दबे कदमों से। चाल में वह केलकुलेशन लाओ–दाव मारने से पहलेवाला–एक बार फिर–नो प्रॉब्लेम–और अहंकार, हाँ यूँ–आँखों में सत्ता की तड़प–यस–अब देखो इसे। नो मेडम, तिरस्कार से। वह बेचारा मौत के करीब, तुम्हारे किसी काम का नहीं रहा–हाँ-हाँ, मुस्कराओ, प्यार से नहीं–यह सोचकर कि वह तुम्हारी गिरफ्त में है। अब थोड़ा-सा झुको, बोलो...

मैत्री : यहीं से? वह चादर ठीक करना...

गुहा : बट यू आर नॉट कनसर्ड अबाउट हिम।

मैत्री : यह मैं क्या सुन रही हूँ महाराज? आपने राजगद्दी त्यागने का निर्णय ले लिया? क्या ऐसा करना आवश्यक था?

गुहा : गुड। और तीखा हो सकता है–अब पास जाओ।

मैत्री : इसे रोका नहीं जा सकता?

गुहा : आँख गड़ा दो–कि बच न पाए। तुम्हें उसे अपने शिकंजे में पकड़ना है–हाँ, नथुने फुलाकर...

मैत्री : इसे रोका नहीं जा सकता?

राय : विद्वानों और मन्त्रियों की यही राय थी।

मैत्री : राय वह हर बार देते हैं।

गुहा : और रुआँसी होकर। जैसे औरतों की आदत होती है।

मैत्री : राय वह हर बार देते हैं, पर आप केकैयी की सलाह के बिना किसी निष्कर्ष पर नहीं पहुँचते थे।

राय : वैसे ही अधमरा हूँ। नहीं चाहतीं, जितने क्षण बचे हैं चैन से जी पाऊँ?

मैत्री : याद है प्राणनाथ...

गुहा : नो नॉस्टॅलजिया। तुम इसे पंजे में जब्त करने आई हो। यह डंक है–बेरहम–!

मैत्री : याद है प्राणनाथ, युद्ध का वह मैदान जब एक रथ आँधी की गति से आपको चीरने आ रहा था...

गुहा : पकड़ लिया–एक्सीलेन्ट–फास्ट...

मैत्री : प्राणनाथ, उस क्षण को याद कीजिए और इन अठारह वर्षों में झाँकिए–इतने वर्षों का सुख और आनन्द जो जीवन में आपको मिला, कैसे सम्भव हुआ?

गुहा : राइट, राइट गो ऑन।...

मैत्री : मृत्यु की गोद से बचानेवाली सावित्री याद है न महाराज? उसे भुलाया तो नहीं–घटनास्थल पर दिए वचन को?

राय : उस जीवनदान का ऋणी हूँ।

मैत्री : आप जब इतना बड़ा निर्णय ले चुके हैं–तब क्या यह दासी अपने दो वचन की भीख माँग सकती है?

गुहा : और मीठा–मिशरी घुल जाए–और हल्का–सा नखरा भी।

मैत्री : *(मीठा)* आप जब इतना बड़ा निर्णय ले चुके हैं–तब क्या यह दासी अपने दो वचन की भीख माँग सकती है?

राय : मृत्युलोक पहुँचने से पहले इस ऋण से मुक्त कर दो, तुम्हारा उपकार होगा।

मैत्री : फिर सुनिए महाराज, यदि आपको उत्तराधिकारी घोषित करना है, तो मेरा पुत्र भरत होना चाहिए–और युवराज राम को अयोध्या छोड़कर चौदह वर्ष का बनवास... *(सहसा रुक जाती है–आगे बोल नहीं पाती। सब हैरान। चन्दा लपककर पानी देती है। कुछ देर बाद)* इसका मतलब समझते हैं–मरते हुए को मोरफिया का इन्जेक्शन देना?

गुहा : यही वह करना चाहती है–और किया भी।

मैत्री : स्वाभाविक नहीं है।

राय : एक कुशल अभिनेत्री इसे करेगी, तो सहज लगेगा।

मैत्री : पहले इसमें विश्वास होना जरूरी है।

गुहा : वॉय नॉट–कैकेयी का किरदार जहरीला है–इसे सब मानते हैं।

मैत्री : मानना एक बात है–उसे जीना अलग। इस व्यवहार की कोई न कोई वजह रही होगी।

गुहा : टेक्स्ट छोड़कर भटक जाओगी।

मैत्री : उसे अन्देशा नहीं था कि उसके लफ्ज इस आदमी की जान पर खेल सकते हैं?

गुहा : बिलकुल था। शायद चाहती हो।

मैत्री : इतनी नफरत?

गुहा : हाँ...

मैत्री : कारण ? दशरथ का ऐसा कुछ करना, जिससे...

गुहा : उल्लेख नहीं मिलता।

मैत्री : इस बीच ऐसा क्या घट गया–जिसने इसे बदल दिया।

कल्पना : नया क्या घटना। रोज की बात है। अब कैकेयी सयानी है, अकलमन्द है, लड़ाई के मैदान से नहीं डरी। उसे लगता है, वह दशरथ की हर मुसीबत झेलती है–वह भी उससे मश्वरा करते, पर शोहरत कैसे बाँटें? और वह नजरअन्दाज कर दी गई। मन की भड़ास कहीं तो फटेगी–बैकस्टेजवर्कर थी नहीं कि चुपचाप सहती जाती।

गुहा : मतलब ईर्ष्या करने लगी।

देव : स्वाभाविक है।

कल्पना : और खास बात–बड़ी रानी नहीं थी।

राय : *(काटते हुए)* वह राज करना चाहती है।

मैत्री : उसे राम प्यारा नहीं?

राय : पराया है न।

मैत्री : भरत उसकी मानेगा–पक्का है?

गुहा : ऐसा वह सोचती है।

मैत्री : या आपका अन्दाज है कि सोचा होगा?

गुहा : देखो, मन्थरा के बहकावे में आकर...

मैत्री : वह चालाक थी या बेवकूफ?

गुहा : इगो प्रॉब्लम।

मैत्री : यह जवाब झूठे नहीं लगते?

गुहा : *(चुप्पी के बाद, स्थिति सँभालने की कोशिश करते हुए)* मैत्रीजी, एक मँजी सुलझी अभिनेत्री से डायरेक्टर क्या कहे। हाँ, इतना ख्याल जरूर रखिए–किरदार हवा में नहीं जीते। उन्हें जमीन पर अपने परिवेश में कहीं ढूँढ़ना होगा।

मैत्री : यानी मुझे जो लगा, वह आसमानी था?

गुहा : नाराज मत होइए–मैं जो समझाना चाह रहा हूँ–शायद कह नहीं पा रहा। इतना तो मानेंगी, किरदार को जिस अन्दाज में पेश करना चाहती हैं–उसके पीछे आपका अपना तजुर्बा है, नहीं? वर्ना इतनी भावुक क्यों होती? अब, क्या आप अपनी जिन्दगी का ऐसा कोई अंश हमारे सामने रख सकती हैं-- जो इसी जोड़ का हो? जिससे कैकेयी को समझने में सहूलियत रहे? *(कुछ लोगों का समर्थन)*

मैत्री : किसलिए?

गुहा : नो शॉर्टकट।

मैत्री : कौन–सा हिस्सा?

मास्टरजी : आज की ही बात लो। दिल्ली जाने के प्रस्ताव से आप नाखुश हैं।

मैत्री : ऐसा कहा?

कल्पना : लो, सुन लो।

मास्टरजी : प्रशस्ति पत्र, दिल्ली का निमन्त्रण, अकादमीवालों का आना आपको भाया नहीं...*(देव चौंकता है)*

राय : मैत्री?

मैत्री : नहीं, नहीं।

कल्पना : सलाह जो नहीं की।

राय : मुझसे कह सकती थी? *(मैत्री देखती है)*

अजीत : *(मास्टरजी से)* कैसा सुर छेड़ दिया। मान गए।

देव : *(गुहा से)* दूसरा उदाहरण नहीं ले सकते? यह बहुत, बहुत असल है।

किरण : *(हँसकर)* और विलेन तुम निकलोगे।

गुहा : नाटक का पहला उसूल–असलियत झेलो। मैत्रीजी, अब

आप राय साहब से बात कीजिए–इसी मसले पर...

मास्टरजी : अब मजा आएगा। हिट फेमिली ड्रामा।

अजीत : श–श–श शुरू हो रहा है *(सब एक ओर हटते हैं। मैत्री और राय आमने–सामने)*

राय : बोलो।

मैत्री : मौका देते, तो जरूर कहती, शायद जानना भी चाहती। दिल्ली में क्या है–इस कस्बे में रहते हुए...छोड़िए, मुझसे नहीं होगा।

गुहा : होगा, भावना से डरो मत, बस।

कल्पना : चार लोगों के सामने, मुश्किल तो है।

मैत्री : खुद नहीं समझ पा रही–हल्की–सी टीस है...

देव : आपको व्यक्तिगत पुरस्कार नहीं मिला।

मैत्री : छोटी बात है।

गुहा : उतनी छोटी न हो, जितना लगता हो...

मैत्री : *(मुस्कुराकर तटस्थता से)* मैंने मंच की रोशनी में खेला है। अपने को बहने दिया, मुग्ध दर्शक और उनकी मुग्धा में–एक रिश्ता बना, वैसा ही रिश्ता, जैसा उनसे था, जो मंच तक लाए थे...शायद, अभी न समझ सको–*(रुककर)* तुमने कभी प्यार किया? करोगे, तब उसका आवेग जिओगे...

राय : यह भी कहने की बात है।

मैत्री : नहीं होगी...

राय : फिर बात का क्या बढ़ाना।

गुहा : बढ़ने दीजिए–

राय : ताकि आप तमाशा देख सकें।

मैत्री : *(जोर से हँसकर)* तमाशा। वही तो है–इस पर अकादमीवालों की क्या राय है?

मास्टरजी : उल्टा पासा पड़ गया–जिन्हें पूछना चाहिए, उनसे पूछा जा रहा है।

देव : जो खटक रहा है, साफ–साफ कहिए न...

मैत्री : *(देव को घुमाते हुए)* आपने हमारे पर्दे देखे? मुखौटे? वह बहुरंगी फ्लैट्स–ढीली–चुस्त पोशाकें, काले–सफेद बाल...

देव : जी हाँ, जी हाँ।

मैत्री : और कुछ ?

देव : ये साज, आप और *(शब्द नहीं मिल पा रहे)* बाकी सब कुछ।

मैत्री : कुछ कहते हैं?

देव : जी?

मैत्री : इनकी एकजुट आवाज सुनी? नहीं ? *(सरस्वती के पास खड़े होकर)* रा...रात की चुप्पी में एक काफिला गुजर रहा है–और यह उसके सफर की निशानियाँ हैं--सब-की-सब। हम जा रहे थे कि एक मोड़ पर आप खड़े मिले–इशारा किया, रास्ता, रास्ता इधर है...हम मुड़ गए, गाँव को जानेवाला काफिला राजधानी की सड़क पर रेंगने लगा। वह मोड़ इम्तिहान था–एहसास हुआ, हमारा तजुर्बा इन्हीं तोहफों जैसा है–वान डायमेंशनल, बेजान, जिसमें रूह गायब है।

राय : बहुत खूब।

मैत्री : रूह होती, तो बीच सफर से न लौटते।

देव : यह खेल का हिस्सा है।

मैत्री : *(कुछ खिलवाड़ के साथ)* रिपोर्ट कार्ड ले आए मुन्ना? सुना है अव्वल आए हो। मास्टरजी ने आम का टोकरा दिया, पर जरा ध्यान से रे। आम मीठा फल है, पर हर किसी को माफिक नहीं आता, खासतौर से नकल करनेवालों को।

राय : मेरी ईमानदारी पर शक है?

मैत्री : *(इस बीच वह केवल सरस्वती पर ध्यान स्थिर रखती है)* खुद से पूछिए जब यह ग्रुप शुरू हुआ था, तब कुछ लक्ष्य रखे गए थे--हमें महज नाटक ही नहीं, ऐसा कुछ पेश करना है, जो समाज में चिन्तन पैदा करे, जो जन-जन में जिन्दगी की ख्वाहिश पैदा करे, हासिल करने का जोश और इल्म दे–जिसे हम सजी--सँवरी महफिलों से बाहर-रास्ते-चौराहों पर खेलेंगे...अपने वक्त से जूझेंगे...लगता था–एक खलल मचेगा ...*(राय के पास जाकर)* वह कहाँ गया? मुँह मोड़ते हैं, क्योंकि मुझमें वह वायदे जो उठते हैं...उनकी छटपटाहट महसूस होती है?

गुहा : *(नोट करता है)* कैकेयी दशरथ की जवानी का प्रतीक है, मरते वक्त दोनों आमने-सामने-ड्रेमैटिक। मस्ट वर्क ऑन।

देव : यह आम-सी बात है, हर ग्रुप, हर संस्था, जब अपना लेखा-

जोखा तैयार करती है, तो ऐसी दो-चार बातें संविधान में करनी पड़ती हैं...

मैत्री : उससे जो उम्मीदें बनीं? जो सपना अपने घर से यहाँ तक खींच लाया? वर्ना मुझ जैसी गरीब घर की अनपढ़ लड़की...

राय : *(उत्तेजित)* तुम्हारे मुझ पर बहुत एहसान हैं मैत्री-लेकिन बदला लेने की यह जगह मिली थी?

मैत्री : एहसान कहेंगे, तो मैं इतनी दब जाऊँगी कि जुबान खोलने की जुर्रत नहीं होगी।

राय : जुबान पाते ही मूर्ति ने मूर्तिकार को कोसना शुरू किया।

मैत्री : हम दोनों ने ग्रुप की जिम्मेदारियों को साथ झेला-नहीं?

राय : बार-बार क्यों दोहरा रही हो? बाहर से आए मेहमानों के सामने छोटा दिखाना चाहती हो? जता रही हो कि इस अवार्ड की हकदार तुम हो?

मैत्री : नहीं, नहीं, नहीं...

राय : इतना क्यों जलती हो? तुम्हें भी मौका मिल जाएगा, आज नहीं तो कल।

मैत्री : नकार दूँगी।

राय : यही चाहती हो? इतने सालों की मेहनत के बाद, एक छोटा-सा अवार्ड। और मना कर दूँ?

मैत्री : पहले के इरादे भूल गए?

राय : इतना कुछ आज ही क्यों कह रही हो?

मैत्री : देखने का बहाना मिला।

राय : या लगा, वार का सही मौका है।

मैत्री : कड़वी बात-कही गई।

राय : बहुत-बहुत शुक्रिया।

मैत्री : इसलिए नहीं कि मुझे आप प्यारे नहीं-पर कहीं यह इज्जत, यह शोहरत, हमारे काफिले को गुमराह न कर दे...*(आँखें मूँदकर)* उसे राम प्यारा नहीं? दशरथ से मोह नहीं?...पर...उससे भी ज्यादा प्यार, अपने मंच से है-कैकेयी का मंच-यानी दशरथ का देश, जिसकी राजनीति की उसे समझ थी।

मास्टरजी : जरूर थी।

गुहा : पर टेक्स्ट, उसका भी ध्यान रखो न।

मैत्री : फिर से?

देव : हाँ, इरादा और अवार्ड के द्वन्द्व में वजन की बराबरी नहीं महसूस हुई।

गुहा : मैं स्क्रिप्ट की बात कर रहा हूँ।

देव : घूम-फिरकर नाक पकड़ने का तरीका दिलचस्प है। सदियों पहले जो पात्र जीकर गए, उसे आप किस बारीकी से पकड़ने की कोशिश कर रहे हैं।

मैत्री : उनमें एक रिश्ता कायम हो रहा है।

गुहा : लेकिन, कैकेयी का किरदार जहरीला है।

मैत्री : तुम्हारी समझ टस-से-मस नहीं हुई?

ग़ज़ाला : चाय को क्या हो गया?

अजीत : तब तक अखबार पढ़ो–दहेज के कारण शहर में तीन हत्याएँ।

देव : एक सजेशन है–बुरा मत मानिए–इस नई इंटरप्रेटेशन के साथ एक सीन पीछे और एक सीन आगे क्यों नहीं करके देखते?

गुहा : मसलन?

देव : मन्थरा और कैकेयी, बातचीत पकड़ते हुए।

गुहा : वह सीन हमने काट दिया। अनइम्पोर्टेंट। हर रामलीला उसे दिखाती है।

चन्दा : अच्छा है सर। मैं बनूँ मन्थरा–मेरे पास रोल भी नहीं है।

राय : जों मरजी करो--बस मुझे शामिल होने को मत कहना।

गुहा : आप पूरे इक्सपेरीमेन्ट को पर्सनली ले रहे हैं।

राय : सोचने को भी आप डायरेक्ट करेंगे?

गुहा : आप सबको शामिल करने की कोशिश कर रहा हूँ और आप...

देव : रिलैक्स यार।

राय : थियेटर में घुसते, डायरेक्टर बन बैठे। जैसे बाप की गद्दी हो।

चन्दा : *(डंडा वगैरह ढूँढ़कर सीन के लिए तैयार)* सर, हम शुरू कर रहे...

मास्टरजी : तजुर्बा कर रहे हैं, तो एकाध सीन और सही। जब असल काम शुरू हो, बता दीजिए–हम पड़े हैं उधर...

चन्दा : कहाँ चल दिए मास्टरजी? मेरी एंट्री पर ताल-वाल नहीं बजाएँगे? जरा हंगामा हो। *(मन्थरा के रूप में प्रवेश,*

मास्टरजी ताल देते हैं।)

देव : बुढ़िया लाजवाब है।

ग़ज़ाला : सीन हिट होगा, चेटी-वेटी की मदद चाहिए-तो आऊँ।

चन्दा : अरे चेटी, इस बुढ़िया की नजर कमजोर हो चली। बता, माँ कैकेयी को कहीं देखा? *(ढूँढ़ने का अभिनय)*

ग़ज़ाला : नीम के नीचे खड़ी है-खास खबर लाई लगती हो?

चन्दा : यही समझ ले, किधर बताया-उधर? *(गोल घूमकर मैत्री के पास पहुँचती है।)*

मैत्री : इतनी देर कैसे हो गई मन्थरा? सब ठीक है न?

चन्दा : क्या ठीक होगा, मुआ सब पढ़े-लिखे बेवकूफों ने उन्हें घेर रखा है।

मैत्री : पहले से बेहतर है?

चन्दा : उन लोगों ने महाराज को खत्म करने की ठान ली-वसीयत बनवा रहे थे।

मैत्री : तो क्या उन्होंने भी आशा छोड़ दी? वैद थे?

चन्दा : सब जन थे। और महाराज ने उनका कहना मान लिया।

मैत्री : उनको विश्वास नहीं रहा कि जिएँगे?

चन्दा : मैं क्यों कुछ कहूँ। हाल यह कि महाराज ने गद्दी छोड़ने की ठान ली है और युवराज राम सिंहासन पर बैठेंगे।

मैत्री : यह तो होना ही था।

चन्दा : लेकिन बाहर जंगल से भी खबर आई है कि स्थिति ठीक नहीं है और वहाँ की समझ सिर्फ राम को है।

मैत्री : वह सीधा है, भला भी, बारीकियों पर ध्यान देता है, सबसे बड़ा बेटा है। दशरथ को उसका जाना खलेगा।

चन्दा : भरत बैरागी हैं, लक्ष्मण सख्त; राम ही उन इलाकों को बचा सकता है।

मैत्री : उन्होंने पूछा नहीं। और अगर राम मेरा बेटा होता, तो मैं कड़वे से-कड़वा निर्णय ले लेती।

चन्दा : सौतेलापन पहले कभी नहीं महसूस हुआ-राम ही जाने के काबिल है।

मैत्री : तुम जानती हो, विद्वान लोग मुझे किस निगाह से देखते हैं।

चन्दा : हमेशा रहा है।

मैत्री : फिर जाऊँ, पूछूँ?

चन्दा : चिन्ता मत करो–भरत राज्य नहीं सँभालेगा, और जंगल भी बच जाएँगे। *(मैत्री जाती है, चन्दा सामने आकर)* अनुमान, निर्णय और गति–गुण कहो या अवगुण–इन्हीं से दशरथ के प्राण बचाए थे। अजीब हेर-फेर है–धोबी के कहने पर राम ने सीता को घर से बाहर कर दिया और पुरुष पुरुषोत्तम बन बैठे। दासी की बात पर गौर करके जब कैकेयी ने राम को वन जाने की सलाह दी, तो कैकेयी सो कैकेयी, दासी भी डायन हो गई। वाह भई वाह–और इस तेजी से बात फैली कि अभी कैकेयी बाहर भी नहीं निकली थी कि गुस्से से तमतमाती सीताजी आ पहुँची।

चन्दा : बगिया से फूल तोड़ रही हो सीताजी?

सीता : चौदह साल तक यही करना पड़ेगा। इनको निकाल, कैकेयी का कलेजा ठंडा हो गया होगा।

कैकेयी : *(बाहर निकलती है)* तुमने राम को जाना ही कितना है? मेरी गोद खेलता रहा है।

सीता : फिर ? सगा बेटा नहीं है?

कैकेयी : भरत को इतना चाहती, तो उसे अयोध्या से इतना बाहर रहने देती? भरत पर कभी कैकेयी का बस नहीं रहा–इसे नोट करना।

सीता : दशरथ का भी ख्याल नहीं आया।

कैकेयी : क्या मतलब? वह बीमार हैं, पर दयनीय नहीं। मैंने वह सलाह दी, जो तब भी देती अगर वह पूरी तरह से ठीक होते। सहमत होने पर भी जब वह पक्ष लेने में झिझक रहे थे, तब मेरे पास एक हथियार और था–दो वचनों की धुँधली याद–और मैंने इसका इस्तेमाल किया।

सीता : फिर उसे बढ़ाकर मुझे भी शामिल कर देतीं।

कैकेयी : निभा पाओगी?

सीता : मैं ठहरी आदिवासिन। जंगल मेरा घर है।

कैकेयी : जाना जरूरी नहीं है।

सीता : यही मैं पूछूँ?

कैकेयी : मैं गई थी। और मेरे बाद तुम। जाओ, अच्छा है।

सीता : उनको जान लूँगी। यहाँ का व्यवहार न समय देता है न अवसर।

कैकेयी : पर वहाँ अपने को सिर्फ छाया मत समझना। बीहड़ रास्तों पर साथ का मतलब होता है मश्वरा–जरूरी नहीं कि हर बात में उसी का अनुमान सही निकले। खासतौर से युद्ध के मैदान में।

सीता : मुझसे नहीं होगा।

कैकेयी : फिर बराबर के साथ का क्या फायदा? चलो, कटुता से बच जाओगी।

सीता : कटुता से कौन बचा है? *(मंच के अलग हिस्से में चली जाती है)* केकैयी भी घर से बाहर रही–पर उसकी अग्नि-परीक्षा नहीं ली गई। उसने अपने हौंसले से पति की जान बचाई थी–और मैंने खतरे में डाली?

चन्दा : कैकेयी ने पहले ही कहा था–जरूरी नहीं कि नई जगह पर भी पति का अनुमान सही निकले।

सीता : उस सुनहरे हिरण की खाल का मुझे क्या करना था? ओढ़ती या बिछाकर सोती उस पर? पर जब वह दौड़ा *(राम की उपस्थिति में कल्पना करते हुए)* पीछे के काले पेड़ों को चीरता हुआ–*(चन्दा मन्थरा की भूमिका छोड़ते हुए हिरण में पलट जाती है)* तुम्हारे बदन में सिहरन हुई। आँखें चमक उठीं। तुम जो थके, पिता के शोक में उदासीन हो चुके थे–सहसा जग उठे और आँखों से उसकी उड़ान मापते रहे–वह पास क्या आए, तुम होश में आए। *(चन्दा ऊँची-ऊँची उड़ान लेती है)* धनुष पर हाथ थरथराया–और जब वह दूर भागा *(चन्दा देव के पीछे से चक्कर लगाती निकलती है)*, तुम चौंककर खड़े हुए। मैं तो पढ़ लेती हूँ तुम्हें। तुममें शौक उमड़ता देख, मैंने कहा, हठ भी किया।

देव : जैसे एक लड़की अपने दोस्त से कहे कि वह उसकी सहेली से शादी कर ले।

किरण : यह भाँपकर कि वह पत्नी की सूरत में खरी नहीं उतर रही है–

देव : कहा नहीं था।

किरण : चाहा था–क्यों?

देव : तुम दोस्त थीं–अच्छी दोस्त।

किरण : एक को-ऐक्टर ने मेरे बारे में जो कहा-सुना? वैसी ही कुछ बात थी न?

देव : अः हः हः ।

किरण : झिझकते ही क्यों हो–साफ–साफ बोलो न–इतने सालों के बाद...

देव : पत्नी की तरह तुम्हें पहचानना।

किरण : फिर भी मैं सीता हूँ–सीता बनी रही। पलाश की दहकती अशोक वाटिका में उदासीन–जहाँ मन ही न हो, वहाँ दूसरे का छूना, न छूना एक बराबर है।

मास्टरजी : रामजी को हिरण के चक्कर में डाल, सीमाजी लगीं रावण से बतियाने–बहुत खूब।

अजीत : अजी, मैंने कहा, परपुरुष से आँख नहीं मिलानी चाहिए।

किरण : देखा–भर है छुआ तो नहीं।

अजीत : पतिदेव जान गए न? तोबा, तोबा, सुना है कि रात की गाड़ी से पधार रहे हैं–लंका पर धावा बोला जाएगा।

किरण : तब? एक और अग्नि–परीक्षा ही देनी पड़ेगी न–उनके सवाल मेरे जवाब, कुल मिलाकर इतना कि मैं उनकी हूँ–उनके पीछे उनकी रही।

मास्टरजी : बेचारे गुप्ता साहब इतने से ही खुश हो जाते हैं–पत्नी का व्यवहार बेदाग है–अन्दर का कौन जानता है?

किरण : मन की बात कब हुई मास्टरजी? हम व्यवहार पर ही अटके हैं।

देव : उसे भी एक अक्स बाँधता होगा। भूमिका, जिसे पूरा कर रहा है।

किरण : शायद तुम्हारी तरह। उसकी नौकरी दूसरे शहर में है। मुझे खोने का डर रहता है। घर लौटता है, खूब ख्याल रखता है। बस एक शक है। जानता है कि कभी किसी को चाहा था। सुना है, उसकी जिन्दगी में भी और औरतें रहीं। राम–सा वह नहीं बताता, सीता–सी मैं नहीं पूछती। खामोशी में चिन देती है–जानते हो, इस पर अजीत क्या कहता है–मैं उनका ख्याल नहीं रखती?

अजीत : बेशक। उनको कौन सँभालेगा।

किरण : इतना सब्र मैं कहाँ से लाऊँ?

चन्दा : *(मन्थरा की तरह)* जान बचाई दशरथ की, और हुई कैकेयी बदनाम, बन के अबला सीता ने भी खोया अपना धाम, यह

दोनों तरफ से पड़ा धरम का फन्दा :
बुरा यह जग जसे, कोई न बोले इनको चंगा।

मास्टरजी : सुर-सुर पकड़ो चन्दा।

ग़ज़ाला : इसलिए लैला ने मजनू से क्लेयरकट कह दिया-
तू चाहे मेरा खाविन्द हो, चाहे हो आशिक,
बहुत रंग-मिजाज हो, या हो बस रंग फरोश,
मेरी कश्ती का साहिल तू नहीं, एक सवार,
इन डोरों से छुड़ा अपना दामन, फिर आना,
सफीना डोल न जाए, इरादों के भार से।

[किरण और कल्पना हँसती हैं।]

अजीत : सही फरमाया?

ग़ज़ाला : जी।

अजीत : लखनऊ खूबसूरत शहर है।

ग़ज़ाला : पुरानी इमारतें, नई सड़कें।

मास्टरजी : ग़ज़ाला का गायन इतना कमजोर है कि...

ग़ज़ाला : उफ्फो।

चन्दा : मेरा? कैसा रहा?

मैत्री : लगता है रोल पक्का हो गया।

राय : अभी तक आपने जो कुछ भी यहाँ किया, उस पर मैं कुछ बोलूँ, गुहा साहब?

गुहा : बेशक, बेशक।

राय : वह सब अच्छा है, अपने आप में एक इण्टरेस्टिंग एक्सपेरिमेण्ट है। नया तरीका सामने लाता है-काफी इनरजेटिक रहा-पर उससे कहीं बहुत ज्यादा हुआ हो, ऐसा नहीं। मुझे लगा। माफ कीजिए, हो सकता है गलत हूँ-कि सब कुछ काफी सिम्पल हो गया।

गुहा : *(कुछ झेंपकर)* दरअसल, मैं जो चाह रहा था, वह नहीं बन पाया। एक तैश-भरा ड्रामैटिक सीन-नो इमोशन, नो पैशन। पिछले सीन की जली-कटी कैकेयी कहाँ खो गई-और सीता का पतिव्रत?

देव : गौर करने लायक कितनी नई पॉसिब्लिटीस खुलकर आई हैं।

गुहा : पर ड्रामा?

देव : इन बारीकियों का अपना वजन है।

गुहा : एक ताने-बाने में इतना सब बुनना...

देव : दैट्स व्येर यू कम इन। *(दोनों हँसते हैं)*

गुहा : कैकेयी बड़ी और पुरानी इमेज है। उससे जूझना या बदलना, जोखम का काम है।

मैत्री : क्यों नहीं उसे एक जीती-जागती औरत की तरह देख पाते?

राय : जोश आ रहा है।

मास्टरजी : वहाँ तो दिखा ही नहीं, चुपचाप बतियाँ रही थीं। भई एक सौतेली माँ और दूसरी...

राय : सुना मैत्री? और नाटक देखनेवालों में ज्यादातर इसी सोच के होंगे।

मैत्री : बीस साल में पहली बार एक ऐसे पात्र से सामना हुआ है जिसे ढूँढ़ना पड़ रहा है-और आप उसे भी एक चटपटे कलीशे सीन में बदलना चाहते हैं?

मास्टरजी : दर्शक, मैत्रीजी, इस सीन पर पत्थर मारेंगे।

किरण : आज तक तो नहीं मारे। एक से एक घटिया नाटक करने के बावजूद?

राय : तुम्हारा मतलब, यह ग्रुप घटिया नाटक करता रहा है और इसीलिए मुझे अवार्ड मिला है-थर्ड रेट थियेटर करने के लिए- और उसी के लिए देव साहब आए हैं-घटिया काम को अवार्ड देंगे।

मैत्री : किरदार समझने तक की इजाजत नहीं दे रहे और...

राय : मैत्री। बच्चों जैसी बातें मत करो। मैं भी दशरथ कर रहा हूँ-पर क्या उस रोल को लेकर मेरे मन में कुंठा नहीं है? चाहता हूँ इसे और ढंग से खेला जाए-पर नहीं, इस कस्बे के दर्शक उसे झेल नहीं पाएँगे।

मैत्री : उन्हें आजमाया ही कब?

राय : परम्परा का मामला है-नाटक बैन भी हो सकता है।

चन्दा : अच्छा है सर। स्क्रिप्ट की कापियाँ खूब बिकेंगी।

अजीत : अम्मा तुम हमेशा लम्बी सोचोगी?

ग़ज़ाला : आज चाय नहीं मिलेगी?

किरण : दर्शक? परम्परा? इनका सहारा लेकर इतना विरोध किसलिए? भरत ने एक दिन राज नहीं किया। उसकी माँ भी साफ दिल हो सकती है-आप लोग इतनी-सी बात नहीं समझ पा रहे?

गुहा : मैं मान सकता हूँ–आप मान सकती हैं–लेकिन आम जनता?

मैत्री : *(गुहा से)* परिवेश और जिन्दगी के अंशों को किरदार से जोड़ने की बात आपने उठाई थी, थ्री डायमेन्शनल सेट, अपने जज्बातों को टटोलना–हमारी आँखें फटी-की-फटी रह गई थीं। और उस सबक से जब अक्स थ्री डायमेन्शनल होने लगे, तो आप ही पीछे हट रहे हैं? इन सेट, पर्दे और आधुनिक सज्जा का क्या फायदा अगर आपको वही बासी शर्बत इन बोतलों मे भरना है?

गुहा : सब समझ रहा हूँ, पर आप तो उथल-पुथल मचा देना चाहती हैं।

मैत्री : कुछ कह लो, अब मैं कैकेयी का किरदार अपनी समझ से खोजूँगी।

गुहा : बट दैट इज इम्पॉसिबल। *(बाहर का दरवाजा खुलता है और चाय वाला, जट्ट चाय लेकर आता है। माहौल से बेखबर, वह सीटी बजाता हुआ इत्मीनान से सबको चाय देता है। गुहा झल्लाता है)*

चायवाला : *(नाटकीयता से)* किसी मेहरबान को चीनी चाहिए तो हाथ बढ़ाकर इस पुड़िया से ले सकते हैं। माफ करना भाई साहब, चम्मच का बन्दोबस्त हमारा टी स्टाल नहीं करता। कारण, यहाँ आने के बाद चम्मचों की दुकान से गैरहाजिरी।

गुहा : बस करो। *(सन्नाटा)* चाय पी लीजिए, उसके बाद रिहर्सल। किरण, अपनी लाइनें देख लो। आज हम कैरेक्टर पर काम करेंगे–(देव से) मेरा मैथड भी समझ में आ जाएगा, लैला-मजनू भी तैयार रहें।

चायवाला : और खाली गिलास सर? बाद में लेने आऊँ?

गुहा : सब झटपट करें–और इसके बाद सीरियसली काम होगा।

ग़ज़ाला : जी सर। *(गिलास उठाते हुए)* यह चाय अगले यूनिट के नाम।

अजीत : उसके बाद क्लाइमेक्स–लैला–मजनू। *(हँसी, शोरगुल। कोने में पड़े बक्से के पास किरण बैठी पपट को ताक रही है, विग एक तरफ। कुछ देर तक उसे देखने के बाद देव पास जा बैठता है।)*

देव : क्या सोच रही हो?

किरण : तुम क्या देख रहे हो?

देव : तुम्हें।

किरण : पर कौन-सी 'मैं' को-इस विगवाली मैं-या यह बालकटी-या और यह भी मैं *(पपट दिखाते हुए)* जो अभी बोलती नहीं।

देव : बदलते चेहरे।

किरण : या चटके हुए अक्स।

देव : तुम्हें यहाँ देखकर हैरान रह गया। सोचा था कहीं बड़े शहर में किसी राजनैतिक दल में बड़े ओहदे पर होगी, या किसी अखबार में...जहाँ भी बहुत आगे बढ़ गई होगी, इसलिए कभी ढूँढ़ने का हौंसला नहीं कर सका।

किरण : यह उम्मीद थी? तुम्हें, जिसे मेरा डिबेट में बोलना भी परेशान कर देता था। खैर, छोड़ो, साल गुजर गए।

देव : अब भी शिकायत है।

किरण : हवा में सिहरन तक नहीं,
कितने चुप फासले हैं
शाम और सहर के बीच
न आस है न रंजिश
करीबी का एहसास,
हर जख्म के लिए मरहम है...

देव : सस्ती शायरी।

किरण : चलिए, हमारी भी बपौती हुई।

देव : लिखने लगीं, अच्छा किया।

किरण : आजकल कुछ अजीब-सा है। वह कहानियाँ चुनती हूँ, पन्ने फाड़ती, चित्र चुराती, कविताएँ सुनती-शायद खुद को ढूँढ़-सा रही हूँ।

देव : खुश हो?

किरण : पर अतृप्त। मन को चैन नहीं।

देव : कैसे हो? तुम गति थीं और अब थमी हो।

किरण : फिलहाल न बहने का हौंसला है, न रुके रहने की तसल्ली। तुम कहानीकार हो, बता सकते हो।

देव : आदिवासी कहावत है-अपना धनुष आप उठाना पड़ता है।

किरण : धनुष अगर टूट चुका हो?

देव : सँभालकर रखे धनुष नहीं टूटते। उन दिनों जो आग थी, वह कुलबुला तो रही होगी।

किरण : पति से लड़-झगड़कर बच्चों को कमेटी के स्कूल में पढ़ा रही हूँ-इसमें अगर कॉलेजवाले समाजवाद की खुरचन दिखती हो तो चाट लो।

देव : पति क्या करते हैं?

किरण : बैंक मैनेजर-पास के कस्बे में।

देव : मिलवाओगी?

किरण : नहीं, तुमसे मिलकर शक उभर जाएगा, और मैं कुछ नहीं कह पाऊँगी।

देव : यह सब...सहती हो?

किरण : रिश्ता कुछ ऐसा है।

देव : या हिम्मत नहीं?

किरण : चाह तो तो हिम्मत बँधे।

देव : जिन्दगी से जो मोह था।

किरण : उड़ गया। जिसके कन्धे पर सिर रखा था, उसने या तो समझा नहीं, या अपने साथ के काबिल नहीं पाया। फिर जो मिला, उसके काबिल बनने की कोशिश में हूँ।

देव : बहुत बड़ी तपस्या करी।

किरण : लेकिन बेमतलब *(हाथ फैलाकर)* देख रहे हो, कैसे झर चुकी। *(देव चौंकता है, फटाक से दरवाजा खुलता है। चायवाला कप इकट्ठे करता है। संगीत बढ़ता है-प्रकाश कम होता है।)*

दूसरा दृश्य

[रिहर्सल शुरू हो चुकी है। मंच के बीच में ग़ज़ाला और चन्दा 'आग' की रंगपट्टी पकड़कर बैठी हैं। उनके पीछे से, किरण सीता की भूमिका में धीरे-धीरे उभरती है। कल्पना, मैत्री, ग़ज़ाला, चन्दा के समवेत स्वर में गायन।]

अश्वमेध हो जाने पर,
सीता लिये पहुँचे राम,

महलों के फाटक पर,
फिर से जली है आग,
सीता बढ़ती है निडर,
संसार रहा, उसको ताक,
कैसे करे, सन्देह पार,
परख रहे क्या हैं राम?

[शब्दों के साथ गुनगुना और पीतल की झाँझ का प्रयोग। नाटकीय समाँ बाँधने के इस प्रयोग पर देव गुहा को दाद देता है।]

किरण : एक और अग्निपरीक्षा? उसी सवाल को लेकर...उनकी हूँ, उनकी बनी रही? आग परीक्षा है–पर मेरे हर कर्म की साक्षी, धरती, जिसकी मुट्ठी–भर धूल से आकार पाया...जो मेरी पोर-पोर पहचानती है–उसने क्यों मौन साध लिया? *(रुक जाती है)*

चन्दा : *(प्रॉम्प्ट करते हुए)* इस मौन से...

किरण : इस मौन से...

चन्दा : अग्नि प्रचंड हो रही है।

किरण : अग्नि प्रचंड हो रही...मेरे मन की साक्षी, धरती...

चन्दा : यदि मैं सच्ची हूँ...

किरण : तो तू फट क्यों नही जाती...माँ, अपनी गोद में शरण दे...अपने आँचल से इस पुत्री को ढक ले–*(धीरे-धीरे बैठ जाती है।)*

गुहा : किरण, कमजोर क्यों महसूस करने लगी?

किरण : हार में कैसी ताकत?

गुहा : यह सीता की सबसे बड़ी जीत है–हमेशा के लिए प्रमाणित कर देती है...

किरण : अपने को भस्म कर देना, अपना ही विनाश चाहना, हार नहीं तो और क्या है।

गुहा : राम का सन्देह दूर करने...

किरण : उसके एक वहम की खातिर–जिसे मैंने एज सीता, अहमियत दी–बेवकूफी है...

गुहा : बेवकूफी नहीं प्रतिद्वन्द्विता।

किरण : प्रतिद्वन्द्वी तब थी, जब लव और कुश को तीर-कमान चलाना

सिखा रही थी...वह सीन आपने काट दिया...

अजीत : *(जो अखबार पढ़ रहा था)* यह भी शुरू हो गई...

किरण : पर कैसा रहा होगा वह पल, जब बरसों का छुटा धनुष अपने हाथों में पाया होगा–*(दीवार पर से धनुष उठाने लगती है।)*

अजीत : यह स्वयंवरवाला धनुष है–जिसे राम को तोड़ना है–आपको कुछ लेना-देना नहीं।

किरण : जानते हो, उस धनुष को सीता उठा सकती थी, और उठाया भी–ऐसा कर सकने पर उसे घमंड था।

चन्दा : *(व्यंग्य से)* पर स्वयंवर हुआ–और घमंड टूटा...*(घोड़े पर सवार होने का अभिनय करते हुए पहुँचती है)* हाँ तो साहेबान, राजकुमार आ पहुँचे–राम आए, रावण आए...

अजीत : *(पीछे जुड़ते हुए)* साथ में उनके चमचे आए...

गुहा : स्टॉप दिस नॉनसेन्स।

अजीत : मैं तो वैसे भी राम का असिस्टेन्ट हूँ–लक्ष्मण। हाँ जी, बिजनेस–धनुष कहाँ है?

देव : ऊपर (धनुष के पास खड़ी किरण चौकन्नी हो जाती है।)

अजीत : *(पुकारते हुए)* हनुमान।

ग़ज़ाला : अभी हनुमान से परिचय नहीं हुआ।

अजीत : *(किरण से)* तो बहनजी, आप जरा साइड पे हो जाइए–हमें धनुष से जरूरी काम है।

किरण : माफ कीजिए, यह मेरा धुनष है।

चन्दा : तभी तो।

अजीत : *(ग़ज़ाला से)* सीताजी को पहरे पर खड़ा कर दिया? उनको सजाओ, धजाओ–लगे कि शादीवाला घर है *(ग़ज़ाला उठती है और कपड़ों के ढेर में से दुपट्टे वगैरह निकाल लेती है।)*

मास्टरजी : नए सिरे से रामायण बनाई जा रही है।

गुहा : प्लीज, स्टॉप इट।

देव : चलने दो या *(पास में पड़ा माउथ आरगन उठाकर बजाता है। खेलनेवालों से)* कैरी ऑन–*(चन्दा धनुष की ओर बढ़ती है। किरण बचाव करती है।)*

मास्टरजी : रामायण का जापानी रूपान्तर–राम और सीता के बीच

करांटे-मैच। *(मुँह फेरकर अखबार पढ़ने लगता है।)*

[इस बीच अजीत चन्दा को थोड़ा-सा उठाता है, जिससे वह ऊपर उठकर धनुष उतार लेती है। किरण रोकना चाहती है, पर गिर जाती है।]

किरण : यह बेईमानी है-*(मौका पाते ही-ग़ज़ाला दुपट्टा ओढ़ाती है।)*

अजीत : ऑल इज फेयर इन लव एंड वॉर।

ग़ज़ाला : यह युद्ध है या प्रेम?

चन्दा : छोड़ो भी-यह देखो राम के हाथों धनुष का टूटना। *(धनुष फोल्ड हो जाता है। देव माउथ-आरगन और ऊँचा बजाता है। मैत्री भी ढोलक उठाकर शामिल हो जाती है।)*

अजीत : स्वयंवर हो चुका, सीताजी से कह दो।

ग़ज़ाला : उनसे पूछे बिना, स्वयंवर कैसे हो गया? पूछ तो लो, उन्हें राम पसन्द हैं या नहीं?

चन्दा : हमसे बहादुरी का प्रमाण देने को कहा गया। दे दिया है।

अजीत : आपने वोट दिया या नहीं-हमने इलैक्शन जीत लिया।

देव : और डेमोक्रैटिक शर्तें पूरी करते हुए-

चन्दा : *(दुपट्टे से माला बनाकर)* अब, बाकी रस्में भी पूरी कर दी जाएँ।

[ग़ज़ाला किरण को पकड़कर जयमाला के लिए लाती है।]

मैत्री : घूँघट से ताक-झाँक,
मोती के काँच में,
देख रही जानकी,
गुपचुप रामजी को
मोह लिया छवि ने,
सखियों ने भाँपा,
कैसे छिपाए जानकी,
मोती के काँच को?

[गीत स्वतःस्फूर्त रचा गया है, इसलिए लय या वजन मँजा हुआ नहीं है।]

किरण : *(चन्दा के गले में माला डालते-डालते रुक जाती है)* मैं तुमसे शादी नहीं करूँगी-तुमने मेरा धनुष तोड़ा है-*(धनुष के*

पास बैठते हुए) यह मुझे बहुत प्रिय था। इसे लेकर मैं जंगल-जंगल घूम लेती, न आदमी का डर, न जानवर का...

चन्दा : महलों में सुरक्षित रहोगी।

किरण : *(व्यंग्य से)* जंगल की कन्या और महलों में सुरक्षित।

चन्दा : मैं जो तुम्हारे साथ हूँ, आज से तुम्हारी रक्षा का बोझ मैं उठाऊँगा। *(किरण उसे देखती है, फिर मुँह फेरकर उठती है।)*

मास्टरजी : कुछ लम्बा हो गया।

किरण : उस दिन का छूटा धनुष, हाथ में तब आया, जब वाल्मीकि के आश्रम में थी, सालों बाद उसे छूना, चलाना, जंगल में लौटने जैसा...तब लव और कुश को भी सिखाया। *(ग़ज़ाला और चन्दा के बीच में आकर)* ये देखो, यूँ धनुष पकड़ा, तीर निकालकर निशाना बनाया और छोड़ा...

[अजीत, जो बोर होने लगा और चाहता है यह जल्दी खत्म हो, तबले पर घोड़े दौड़ने की आवाज करता है।]

चन्दा : यह क्या?

अजीत : घोड़े। राम के घोड़े।

ग़ज़ाला : लव और कुश ने रोके। *(चन्दा और ग़ज़ाला वैसा अभिनय करती हैं।)*

किरण : जंगल ने राम का सामना किया, महाराज को झुकना पड़ा।

अजीत : कलाकार की अनुपस्थिति में, मैं ही कर देता हूँ। *(किरण से)* अपने बच्चों से कैसी हार। घरेलू मामला है, आओ हम सब मिलकर घर लौट चलें।

किरण : उनसे विरह और नहीं सहा जाता?

अजीत : यही समझ लो।

किरण : या इसलिए कि मेरे बिना ये कुशल बालक नहीं चलेंगे।

अजीत : इतना नखरा मत करो भाभी। अब चलने को तैयार हो जाओ।

किरण : किसी के कहने पर, मुझ पर सन्देह करके उन्होंने घर से फेंका...सबके सामने वह उस गलती को स्वीकारने के लिए तैयार हैं?

मास्टरजी : राम की अग्निपरीक्षा।

अजीत : *(लक्ष्मण का पात्र छोड़ते हुए)* यह क्या? कैसे कह सकती हो? सीता ने कभी नहीं कहा।

किरण : तो क्या?

अजीत : ऐसे–तीखा बोलती, तो सीता केकैयी न हो जाती।

मैत्री : *(झपटकर)* कैकेयी बनना इतना आसान नहीं। पर सीताजी अब जो इतना बोलने लगी, पहले नहीं ध्यान आया?

किरण : पहले–कब?

मैत्री : जब राम के साथ बन गई–तब क्यों नहीं धनुष उठाया? डरी बिल्ली की तरह पहरा चाहती रही?

किरण : मेरा ख्याल रखना उनका काम था।

मैत्री : तब नहीं याद दिलाया जब घर से बाहर निकाला जा रहा था?

किरण : स्वाभिमान अब जगा है।

मैत्री : कैकेयी सिर्फ स्वाभिमान के लिए नहीं लड़ी–उसके कुछ उसूल थे।

किरण : सीता के पास क्यों नहीं?

मैत्री : उसने एक ही सच अपनाया–राम।

किरण : भूल करी। उसी को बार-बार साबित करती रही–देखो, मैं अच्छी हूँ। मेरी तरफ प्यार से देखो–मैं तुम्हारी हूँ–किसी और की नहीं...

देव : बाकी सम्भावनाएँ ढूँढ़ी ही कब?

किरण : *(हताश)* पंखकटी कैकेयी, यही सीता है, जो अग्निपरीक्षाएँ झेल झेलकर आधी रह गई।

अजीत : इसी बहाने, केकैयी होने से बच गई।

किरण : डरती होगी, कहीं खुद को अकेला पाए।

देव : यूँ क्यों नहीं देखती–कैकेयी का सुलझा रूप...

किरण : जिसे बाइज्जत जीने की इजाजत मिली?

मैत्री : कैकेयी को इज्जत की फिक्र नहीं थी–सीता की तरह।

किरण : परम पुरुष ने उसे चुना।

मैत्री : वही एक पुरुष। शुक्र है मैंने उसे नहीं पाया और अगर कहीं मिल भी जाता, तो झेल नहीं पाती।

किरण : *(देव से)* तुम झेल पाते? नहीं न?

देव : बिना आजमाए कह रही हो।

किरण : सच? वह शाम भूल गए, जब तुम्हारे पास दौड़ी आई–'देव,

इलैक्शन हो रहा है, कुछ लोग मेरा नाम नॉमिनेट करना चाहते हैं।' तुमने कहा, 'लीडरबाजी में सुन्दर-सा चेहरा सख्त हो जाएगा, भाषण दे-देकर कोयल-सी आवाज कौए की-सी लगने लगेगी।'

देव : मजाक किया था।

किरण : तुम्हारा मजाक...पर दोष भी क्या दूँ। वह कोयल-सी आवाज और चिकनी चमड़ी मैं खोना नहीं चाहती थी...मर्दाना हो जाने का डर था...तुम और औरतों का जिक्र करते-'तुम चबड़-चबड़ बोलती रहती हो, फलाँ को देखो, कितना चुप रहती है, फलाँ के हाथ कितने नाजुक हैं, फलाँ की चाल, फलाँ की कमर...मैं ही अधूरी थी।'

अजीत : *(अखबार छीनते हुए)* यह नहीं रुकने का।

देव : सीरियसली क्यों लिया? हमेशा तुम्हारी सोच, बोल सकने और काम करने के गुण की कद्र करता रहा, लगता था, बहुत आगे जाओगी, इसलिए शादी पर बहुत जोर नहीं दिया...यहाँ आकर हैरान रह गया...

किरण : कि किरण, बैंक मैनेजर की पत्नी, न पढ़ती है, न सोचती है, सब सम्भावनाएँ, सब प्रतिभाएँ भुलाकर-टी-पार्टी हो या डिनर पार्टी-खड़ी मुस्कुराती है, लिपस्टिक के होंठों से मुस्कुराकर पूछती है, 'और चाय लेंगे? थोड़ी-सी आइसक्रीम और?' बस एक शौक बचा है, ऐक्टिंग का, *(कड़वी हँसी के साथ)* वह भी सीता-अन्दर-बाहर एक ही रोल।

मैत्री : *(रूखेपन से)* इसका रोना क्या रोना, सिर्फ कमजोर लोग ही...

किरण : कमजोर हूँ-लगता है, वह भी गुण है?

मैत्री : हमेशा आसान तरीका चुनती रही।

किरण : बहुत जल्दी हारकर?

देव : इसमें जीत भी है-पति, घर, बच्चे...

किरण : हार का कोई नाम हो-दर्द उतना ही रहता है।

अजीत : *(अखबार पटककर)* वही हार-जीत का सिलसिला। मेरी राय है, अग्नि-परीक्षावाला सीन काट दिया जाए। वही सारी बहस की जड़ है। *(गुहा उसे घूरता है)* वैसे भी, इस सीन का समाज पर बुरा असर पड़ता है, लोगों में लालच पैदा होता है

और सुख-शान्ति नष्ट होने का डर रहता है।

देव : समझा करो।

मास्टरजी : दिमाग फिर गया।

अजीत : जी नहीं। और अवार्ड देने से पहले, अकादमी को इस बात पर गौर करना चाहिए कि हम क्या दिखाते हैं, और देखनेवालों पर उसका क्या असर पड़ता है।

राय : जो कहना है, बिना मिर्च-मसालों के कहो।

अजीत : खरी-सी बात, आपने आज का अखबार पढ़ा? कल-ही-कल में, उस शहर की तीन औरतों को जलाकर मार डाला गया। यह उनकी हार थी या जीत या यह कि वह सबसे आसान तरीका था-या यह या वह-सारांश इतना, कि वह मर चुकी है-और हम यहाँ माँ सीता की अग्निपरीक्षा की दुहाई दे रहे हैं। इसलिए यह वाला सीन, हमें उड़ा देना चाहिए, या सरकार को चाहिए कि उसे बैन कर दे।

मास्टरजी : *(राय से)* मैत्री का गुट जोर पकड़ने लगा।

ग़ज़ाला : नाटक के साथ-साथ पब्लिक स्पीकिंग में भी ट्रेनिंग मिलने लगी।

गुहा : वैसे, इसे दो लाइन का डायलॉग याद नहीं रहता।

चन्दा : खाऊ ऐक्टर है न।

अजीत : *(और शैतानी से)* अब क्योंकि दूसरा कोई वक्ता इस मुद्दे पर और कुछ नहीं कहना चाहता, इस मुद्दे को पूरी वोट के साथ पास समझकर, और कलाकारों की बोरियत झेलने की हदों को मानते हुए, मेरी डायरेक्टर साहब से गुजारिश है कि बिना एक मिनट भी खराब किए, लैला-मजनू की रिहर्सल शुरू कर दी जाए।

कल्पना : कैसे भला? सब-के-सब हाथ धोकर सीता के पीछे पड़े हैं, यह पढ़ी-लिखी शहरी औरतें, अग्निपरीक्षा के बल को क्या समझेंगी।

गुहा : कल्पनाजी, उनके कहने से क्या हम नाटक बदल देंगे...हरगिज नहीं।

कल्पना : आप मेरी तरफ देखिए। सत्रह साल की थी जब इनसे ब्याही गई-इनकी उम्र थी पैंतीस-और जानती थी न कि एक सौतन आ जाएगी सिर पर। पर मजाल जो कभी एक लफ्ज भी

उनसे कह दिया हो। सामने बैठे हैं–पूछ लो। जो कहते गए, वैसा करती गई। जैसे रखा वैसे रही। एक पैसे की माँग नहीं रखी। फिर फल मिला या नहीं–फोटू मरे साथ खिंचाया या *(मैत्री की ओर इशारा करके)* उसके साथ? और कैसे जल-भुन गई–दिल्ली नहीं जाना, अवार्ड वापिस कर दो। अच्छा ही हुआ, दूध का दूध हो गया, पानी का पानी।

किरण : इस तपस्या के चक्कर में आपकी पूरी जवानी तो कुढ़-कुढ़कर ढह गई और मिला क्या–एक सर्टिफिकेट। खाली दीवारों पर सजा लेना।

कल्पना : सुन लिया? मैं कहती हूँ गुहा साहब, आप इनमें से किसी की बातों में मत फँसिए–आप मुझे लीजिए, मेरी जिन्दगी को, और उस पर नाटक बनाइए।

गुहा : *(हैरान)* क्या।

कल्पना : ऐसा करुणामय नाटक किसी ने नहीं देखा होगा, शादी से शुरू कर सकते हैं–या उसके पहले।

अजीत : इन औरतों की गाड़ी शादी के आसपास अटकी मिलती है।

गुहा : मुझे नया नाटक बनाने का बिलकुल तजुर्बा नहीं है।

कल्पना : नहीं है तो क्या, हो जाएगा।

मास्टरजी : क्यों नहीं, एक गुहा साहब ही तो हैं, जो कुछ करने का हुनर रखते हैं।

गुहा : माफ कीजिए, मुझे किसी की जिन्दगी पर नाटक बनाने का शौक नहीं है।

अजीत : अगर हास्य में खेलना चाहें, तो मैं लेखक बनने की कोशिश कर सकता हूँ। फीस एंड रॉयल्टी बेसिज।

कल्पना : गुहा साहब से बात हो रही है, आपसे नहीं।

मास्टरजी : वही कुछ कहने की समझ रखते हैं, बाकी तो यूँ ही हैं।

ग़ज़ाला : बुरा मानने की क्या बात?

मास्टरजी : बीच में तुम्हारा टाँग अड़ाना जरूरी है? इसीलिए औरतों को पास नहीं फटकने देता। राय साहब नहीं हूँ...

मैत्री : क्या कहा? फिर से तो...

गुहा : बेमतलब की बहस कितनी देर और चलेगी?

मास्टरजी : बेमतलब। क्यों नहीं, मतलब तो आप जानते हैं–थियेटर की अक्ल आप ही को है।

गुहा : उफ्फो। *(देव से)* यहाँ के रंगकर्मियों का स्तर देख लिया।

कल्पना : मैंने मुँह खोला नहीं कि सब चढ़ बैठे।

गुहा : पर मैं आपकी या किसी की जिन्दगी पर नाटक नहीं बना सकता।

मैत्री : सच, कितना मजा आए। हम मन लगाकर काम करेंगे।

गुहा : माफ कीजिए मैडम, मैं नहीं सह पाऊँगा।

ग़ज़ाला : आप बनाइए मैत्रीजी, हम रोल करेंगे और गुहा सर निर्देशन में गाइड करेंगे, संगीत देव जी का–अकादमी के सौजन्य से।

किरण : *(पपट को उछालते हुए)* एक रोल मेरी पपट के लिए भी–मन की गुड़िया, जो कल्पनाजी की तरह, बोल नहीं पाई।

कल्पना : ए सखी, तू क्या बोलेगी?

गुहा : *(चिल्लाकर)* लैला-मजनू *(सब सन्न)* रिहर्सल के लिए।

मास्टरजी : मन का मैल बाहर उगलने से नाटक नहीं बन जाता।

ग़ज़ाला : हूँ, उसे छिपाकर भी नाटक किया जाता है, पर उस तरीके का क्या खेलना–आप जानते ही हैं।

मास्टरजी : फिर शुरू हो गई?

किरण : *(देव से)* मेरी गुड़िया का पहला सवाल तुमसे होगा।

देव : जवाब सीधे देना होगा या दूत आएगा–जाएगा?

किरण : लाइब्रेरी की किताबों में रखकर। *(दोनों हँसते हैं।)*

गुहा : ऐसे ही चलेगा? आज दिन-भर में धेले का काम नहीं हुआ। सीरियसनेस है ही नहीं। कोई इधर से नाटक की टाँग खींच रहा है, कोई उधर से।

देव : तुम्हारा मैथड यही है न। *(राय खुलकर हँसता है।)*

गुहा : उसके लिए जिम्मेवार ग्रुप होना चाहिए, हर नचैये के बस का नहीं ।

मास्टरजी : बहुत हो गया, राय साहब।

राय : *(पूरी मर्यादा के साथ)* छोड़िए मास्टरजी, रिहर्सल बढ़ाइए। हमें एक-दूसरे के वक्त की कद्र करनी चाहिए। थियेटर कैसा भी हो–डिसिप्लिन होना जरूरी है। यह क्या किरण? कठपुतली नचाने को यही जगह मिली? *(किरण पपट रखने बक्से की तरफ बढ़ती है।)*

ग़ज़ाला : एक बात पूछूँ सर। कैकेयी, सीता, लैला–इन तीनों के बीच आप कोई सम्बन्ध बताना चाहते हैं?

गुहा : अच्छा सवाल है।

अजीत : क्यों न हो।

ग़ज़ाला : प्लीज अजीत।

अजीत : देख रहा हूँ–आजकल तुम बहुत अक्लमन्दी के सवाल पूछने लगी हो।

गुहा : फिलहाल वह मुझसे बात कर रही हैं?

अजीत : तो आप बताइए, क्या सम्बन्ध बनाना चाह रहे हैं?

गुहा : लैला, सीता, कैकेयी में? नथिंग।

अजीत : और इसके अलावा। *(ग़ज़ाला एक ओर हट जाती है।)*

किरण : नथिंग? पर क्यों नहीं–अलग-अलग उम्र के तीन चेहरे, जिनके अन्दर झाँका नहीं गया। जिनसे खुद को मापते, सहज होना ही भूल गए।

मैत्री : सम्बन्ध गहरा है–मैं नहीं जानती, पर इस ग्रुप ने मुझे लैला बनने का मौका दिया–कैकेयी का, पर सीता नहीं। *(किरण देव, हँसते हैं।)*

ग़ज़ाला : गुहा सर से बात करते ही टोक देते हो?

अजीत : तुम आदमियों को नहीं जानतीं।

ग़ज़ाला : छोटी नहीं हूँ।

अजीत : नौकरी से मैच्यूरिटी नहीं आ जाती।

ग़ज़ाला : जी?

अजीत : अंकल के रिटायर होने में साल-भर है।

ग़ज़ाला : लखनऊ कौन-सा दूर है? छुट्टियों में आ सकते हो–खुला शहर है।

अजीत : रुक जाती–मैं भी कुछ काम ढूँढ़ लेता। इस बार, पक्का वायदा है–एम.ए. पूरी कर लूँगा।

ग़ज़ाला : पिछले साल की तरह हुआ–तो?

अजीत : तब अलग था–हम लोग नए-नए मिले थे।

ग़ज़ाला : उसका भी दोष? इतना दोष मत दो कि मैं...

अजीत : तुमने बताया क्यों नहीं? डर था कि मैं...

राय : क्या हो रहा है यह? आप लोग रिहर्सल नहीं करना चाहते–कह दीजिए। *(अजीत, ग़ज़ाला अलग हो जाते हैं।)*

चन्दा : क्यों नहीं करना चाहते? देखिए, लैला अपने घर की छत पर पहुँच गई।

मैत्री : इस उम्र में नखरा-नज़ाकत नहीं हुआ, फिर कब होगा?

राय : आज तुम्हें क्या हुआ है मैत्री?

मैत्री : सीखने लगी हूँ।

गुहा : *(जो अजीत और ग़ज़ाला को कुछ समझाना चाह रहा है)* जरा इन्हें देखिए-मैं कहता हूँ।

मैत्री : *(बीच में)* एक-दूसरे का मुँह ताकते रहोगे या कुछ करोगे भी?

अजीत : मेरा-मेरा (इशारे से) अन्दर से ठीक नहीं है।

चन्दा : ग़ज़ाला, तू शुरू कर दे ना।

ग़ज़ाला : मुझसे कोई सीन शुरू नहीं होता।

चन्दा : लो, हम किए देते हैं-*(सहेली बनकर लैला के पास जाती है।)* क्यों री लैला, झरोखे से बार-बार फाटक की ओर क्या निहार रही हो? लगता है आज तुम्हारा मजनू किसी और गली के चक्कर काट रहा है।

अजीत : जी हाँ, कोई एतराज है।

चन्दा : खड़ी-खड़ी थक जाओगी। बैठ जाओ न।

अजीत : अब आया न इन्तज़ार का मज़ा।

ग़ज़ाला : अच्छा हुआ जो उसे फुर्सत का और वसीला मिल गया। मेरी जान में जान आ गई।

अजीत : यह बात है? *(फौरन एक्शन में आते हुए)* ओ कुन्द जहन लैला, अपने मजनू का हाल तो जान ले *(आँखें मूँदकर)*-मोहब्बत में नहीं कुछ फर्क जीने और मरने में। उसी को देखकर जीते हैं, जिस काफिर पे दम निकले। (आँखों को खोलता है-कि ग़ज़ाला गायब) लैला-लैला? कहाँ गई? *(चन्दा एक ओर इशारा करती है)* लैला-*(नहीं मिलती)* लैला-लैला।

देव : सुबह से शाम हो गई अजीत बाबू-रात-भर पड़ाव का इरादा है?

अजीत : यहीं टिका हूँ-उन पर है कि आएँ या न आएँ।

मैत्री : सँभलकर बेटा-उसकी माँ न आ धमके।

गुहा : सुनते हैं बाप ने लठैत छिपा रखे हैं।

अजीत : उनकी दहलीज से जनाजा उठेगा–तो कफन उनका दामन न होगा?

चन्दा : सुन रही है लैला?

देव : यह गॉन केस है।

गुहा : पहले ही ढीठ था। और सनक गया।

मास्टरजी : अच्छा-भला ऐक्टर था, दीवाना रह गया।

देव : यही हाल होता है भैया। अभी तो इब्तदा-ए-इश्क है–आगे-आगे देखिए होता है क्या। *(सब हँसते हैं। बीच में ग़ज़ाला भी)*

अजीत : *(चौंककर)* लैला–? कहाँ गई? *(ग़ज़ाला दौड़ती हुई आती है। अजीत पीछे-पीछे। ग़ज़ाला हँसकर लकड़ी के सन्दूक में घुस जाती है।)*

किरण : अरे, अरे, उसमें नहीं।

अजीत : कहते हैं क्या इसे मोहब्बत के बेबसी वह सामने हैं और गुफ्तगू न हो।

चन्दा : श-श...वह अपने घर में कैद है–बेचारी लैला रो-रोकर तुम्हें पुकारती है।

अजीत : पास से गुजर गए और हाल तक न पूछा,
मैं कैसे मान लूँ कि वह अकेले में रोए?

चन्दा : सच कह रही हूँ–कोई सन्देश हो तो दे सकती हूँ–*(अजीत कान में कुछ कहता है।)*

मास्टरजी : अगले सीन का डायलॉग बोल देना–*(चन्दा सुनकर बक्स के पास जाती है। ग़ज़ाला अन्दर से गुड़िया निकालती है। फुस-फुस)*

देव : यह बेईमानी है। खुलकर बोलो।

चन्दा : *(हँसकर)* मजनू का कहना है–मोहब्बत के लिए कुछ खास दिल मख्सूस होते हैं। यह वह नगमा है जो हर साज़ पे गाया नहीं जाता। लैला का जवाब–मेहरबानी हो, अगर तुम साज बदल दो।

मास्टरजी : यह बेईमानी है। तुमने हेर-फेर किया है–ऊँचा बोलो–पहले वाले सीन का डायलॉग बोल दे।

अजीत : मेरे ख्वाबों के झरोखों को सजानेवाली,
तेरे ख्वाबों में कहीं मेरा गुजर है कि नहीं,

पूछकर अपनी निगाहों से बता दे मुझको
मेरी रातों के मुकद्दर में सहर है कि नहीं।

चन्दा : *(गुड़िया के पास जाकर, मुस्कराकर)* लैला पूछती है–खिलाओगे क्या? वालिद का निवाला?

अजीत : लैला की जुबान नहीं है–कोई शैतान या जिन उसे जुबान दे रहा है।

चन्दा : भरोसा नहीं, तो खुद जाकर पूछ तो लो।

अजीत : पास जाकर? तुम्हीं बुला लाओ न।

चन्दा : चलोगी?

ग़ज़ाला : *(बक्स का किवाड़ उठाकर)*–
चिलमन के सौ परदों से छेदा एक झरोखा,
देख तुझे तन्हा, मन–ही–मन घबराई,
बारहदरी का पहरा मुझपे, लाँघ कैसे आऊँ
जानेंगे वालिद तो सोचो क्या होना है हाल मेरा।

अजीत : लौटकर क्यों जाओगी अपने वालिद के बाड़े में? मेरे पास आओ और बता दो इन दुनियावालों को कि तुम किसकी हो।

ग़ज़ाला : कैसे?

अजीत : एतबार नहीं है?

ग़ज़ाला : पता नहीं।

अजीत : अब तो जो भी कहो–मैं तुम्हारे रहम पर हूँ–रिश्तेदारों के बहकावे में आकर मुझसे मुँह फेर लेना चाहती हो, तो तुम्हारी मर्जी, वर्ना लैला–मजनू की दास्तान एक मिसाल कायम कर रही है–तेरा जिक्र है मेरी नवाजगी, तेरा नाम ही नशा है।

ग़ज़ाला : मेरे हाजिर जवाब शायर–*(निकलकर सीधे बढ़ते हुए तथा अपने में तल्लीन गाते हुए)*
यह जज्बा है, मोहब्बत कुछ मय–सा,
पीने को नहीं, होता जज्ब करने को,
जुबान का जायका न पूछा सनम,
यह सुकून है नस–नस बस जाने को,
बहकने में ही आता होश का आलम
उठाओ न जाम, मय छलकाने को।

अजीत : मैं खेल रहा हूँ?

ग़ज़ाला : बिना जाने, बहक गए–और क्या कहूँ।
मैं तेरी तमन्ना सही, पर मेरी तासीर तूने जानी नहीं।

अजीत : मैं इतना जानता हूँ कि आज जो कुछ हो, तुम हो। आवारा कहकर बहुत पहले जमाने ने मजनू को नकार दिया था। माँ-बाप ने पहले लाड़ दिया पर उसे एहसानमन्द न पाकर, टाल दिया। परवरिश में आराम था, गर्मी नहीं। तालीम जो बासी थी, वह हासिल नहीं कर सका। दोस्तों के बीच वह मजाक बना रहा। अब कम-से-कम एक शख्स–इस भरी-पूरी दुनिया में कोई उसे अपना कहकर पास खींच ले।

ग़ज़ाला : मैं?

अजीत : खूबसूरत हो–मासूम हो–मुझे रौनक दे सकती हो–अगर चाहो तो। *(चुप्पी)* कबूल करोगी, जमाना इज्जत देगा।

ग़ज़ाला : मैं आज यह बन्दिशें तोड़ दूँ–मुड़कर न देखूँ रवायतों को। शर्त यह कि तू भी मुझे रस्मे-उलफत से आजाद रखे।

अजीत : इस मोड़ पर आके–यह रुखाई?

ग़ज़ाला : कभी मैंने तस्लीम कहा?

अजीत : टोका भी नहीं।

ग़ज़ाला : तुम माँगते गए, मैं देती गई। खुद से पूछा नहीं।

अजीत : अब?

ग़ज़ाला : किसी दूसरे पर बोझ कैसे डाल सकते हो?

अजीत : सँभाल लोगी।

ग़ज़ाला : वहम है।

अजीत : विश्वास है। *(चुप्पी। उठकर जाने लगता है। कड़वाहट से)* एक बात कहूँ?
मुझे तो होश नहीं, तुम्हें खबर हो शायद,
लोग कहते हैं, तुमने मुझे बर्बाद किया। *(डर निकल जाता है।)*

ग़ज़ाला : *(भाव-विभोर गाते हुए)* सुन मेरे मजनू मियाँ, यह लैला की दास्तान,
महबूबा का अक्स दिया जिसे लैला का नाम,
मैं शायद वह शक्ल नहीं जिसका करते हो बयान,
करीब पाती न चैन हूँ, दूर रहती बदनाम,
गली-गली दुहाई देनेवाले,

झुके झरोखों से जान लेते
सलाम तेरा नजर हुआ के नहीं?
सर्द आगोश से पहचान लेते,
चाहने का हक दिया या नहीं?

अजीत : महशूर दास्तान लैला-मजनू। चिन्दी-चिन्दी बिखर गई।

देव : *(ताली बजाते हुए)* वैल डन।

मैत्री : डाक्यूमैंट हो जाएगा। क्यों गुहा साहब?

चन्दा : ग़ज़ाला में लैला थी या लैला में ग़ज़ाला?

किरण : *(ग़ज़ाला के पास जाकर)* ऐसे ही बैठी रहेगी?

ग़ज़ाला : पता नहीं किरण, क्या-क्या बोल गई।

किरण : वैसे नहीं कहती?

ग़ज़ाला : वह इतना चाहता है कि...

किरण : तू?

ग़ज़ाला : धोखा नहीं दे सकती।

किरण : उसकी तरह नहीं चाहती?

ग़ज़ाला : उसने भी तो-मुझे जाना ही कितना है? मैं उसकी तमन्ना हूँ, पर मेरी तासीर-वह सचमुच नहीं जानता।

अजीत : उसने कितनी कोशिश की?

ग़ज़ाला : उसकी जुबान से मेरा जिक्र-इतना अजनबी होता है कि वह जिन्दगी-भर मुझे कैसे सँभालेगा?

अजीत : साफ-साफ कहो न, वह ब्वाय फ्रेंड हो सकता है, पति नहीं। पति का तुम्हारे मन में भी एक अक्स मौजूद है।

किरण : महबूबा भी पूरी शख़्यिसत है-जानते हो न अजीत?

ग़ज़ाला : झरोखे से देखती हूँ-वह खड़ा है, वहाँ। जी करता है, दौड़ी जाऊँ पर-कोई देख न ले। तुम न गलत समझो। आहिस्ता से उतरी, जजबात छिपाए-मुँह से निकाला, 'हेलो' मुझे देखकर खुश नहीं?

अजीत : बहुत देर से आई।

ग़ज़ाला : इंटरव्यू के लिए जाना पड़ा।

अजीत : लखनऊ जाना ही है? मुझे छोड़कर?

ग़ज़ाला : पापा रिटायर हो रहे हैं-मीनू दसवीं में है, पप्पू और भी छोटा, मकान का किराया देना है।

अजीत : लगता है मुझसे दूर रहने का बहाना है...

ग़ज़ाला : कैसे यकीन दिलाऊँ कि...

देव : *(किरण से)* और एक अग्निपरीक्षा।

किरण : वह कैसी तसल्ली चाहता है?

अजीत : तुम्हें खो दूँगा...

ग़ज़ाला : और इस सन्देह में, मैंने तुम्हें पाया ही कब? *(आँखें छलछला आती हैं, किरण फिर उसके पास जाती है)* मन इतना सूना है–इससे पहले नहीं जाना।

गुहा : सीधी कहानी में कितनी उलझनें हैं–और गहरा जाएँ तो पूछे, उन्होंने एक–दूसरे को चाहा था या नहीं?

अजीत : दुआ है आपकी।

गुहा : मेरी?

अजीत : आप जैसों की, जो कम दिमाग की कस्बाई लड़कियों पर झाँसा डालना जानते हैं–हल्की मुस्कान, भरी आवाज, तारीफ का जुमला।

देव : इसका नाटक से क्या सम्बन्ध?

राय : बाकी सबका है? इम्प्रोवाइजेशन, मर्जी मुताबिक सीन काटना, जोड़ना, मरोड़ना–अपने साथ–साथ ऐक्टरों को भी बेवकूफ बनाने का व्यापारी तरीका है–यह। आम किरदार नहीं हैं, जिन्दगी से उनका ताल्लुक है ही नहीं।

ग़ज़ाला : *(चौंककर)* क्या?

राय : लैला–मजनू की दास्तान इस दुनिया की मोहब्बत है ही नहीं। मजनू मतलब इनसान–इनसान का अपने खुदा से रिश्ता है–मोहब्बत उसका मजहब है।

ग़ज़ाला : फिर लैला कौन है? एक मासूम–सा खूबसूरत–सा अक्स।

अजीत : जो बहुत–बहुत क्रूर है।

गुहा : ऐक्टर कठपुतली नहीं है।

राय : और मनोविज्ञान के घोटाले में यह मत भूलिए कि दर्शक के पास भी अपने ख्यालों का एक दरिया है, जिसे साथ लेकर वह नाटक देखने आता है। उन तस्वीरों में हेर–फेर से वह बौखला जाएगा। आप इस शहर को नहीं जानते–थियेटर करना कितना मुश्किल है। यूँ ही नहीं मुझे अवार्ड दिया जा रहा। सात साल पहले तक यहाँ स्टेज पर खड़े होने के लिए लड़कियाँ नहीं मिलती थीं। पता नहीं, कैसे–कैसे घरवालों

को समझाकर अच्छे-अच्छे नाटक दिखाकर यहाँ तक माहौल बनाया। बोल्ड ट्रीटमेंट से ऐसी इमेज बनाएँगे, जिन पर उनके घरवालों को एतराज होगा-तो कौन आने देगा?

मैत्री : जो आईं-उनसे पूछा-वह क्या चाहती हैं?

मास्टरजी : मामला पर्सनल होता जा रहा है-घरेलू चिट्ठे खुल रहे हैं।

मैत्री : बताइए, पर्सनल कहाँ खत्म होता है-तटस्थ शुरू होता हो।

गुहा : अब देखो, जैसे यह किताब है। सब मानते हैं कि यह किताब है।

अब आप कहें, 'नहीं, बिस्कुट का डिब्बा है'-तो।

मैत्री : एक पात्र है कैकेयी-ज़हरीली, कपटी औरत। अरसे से माना गया है। अब मैं बोलूँ, वैसे नहीं-ऐसे है...

राय : कौन मानेगा?

मास्टरजी : फिर ऐसे नाटक हम लोगों को नहीं दिखा सकते-वह रिजेक्ट कर देंगे।

ग़ज़ाला : क्योंकि इसमें आपकी अदाएँ काम नहीं आएँगी? *(घुँघरू पटकती है।)*

मास्टरजी : भाव मत बढ़ाओ। दो कौड़ी की एक्टरेस नहीं-लीड रोल मिल गया। मैं पूछता हूँ-यह रोल चन्दा को क्यों नहीं दिया गया?

चन्दा : चालबाज।

मास्टरजी : इसलिए कि यहाँ पर्दे के पीछे भी नाटक होता है। उसका गोरा-सा थोबड़ा जिस पर लोग-बाग फिदा रहते हैं-सिर पर उठाए घूमते हैं।

ग़ज़ाला : यह तुम्हारा वहम है।

मास्टरजी : वहम है?

ग़ज़ाला : इस तरह की बकवास मैं नहीं सुनूँगी।

मास्टरजी : क्यों, खरी कह दी तो खटक गया? और पोल खोलूँ-इस चिड़िया के बाकी रिश्तों के बारे में?

ग़ज़ाला : रिश्तों के बारे में आपको क्या समझ? अदा के अलावा कुछ सीखा ही नहीं-इतना तक नहीं जानते कि एक औरत जब किसी के कन्धे पर सिर रखती है, उसे अपने बदन से खूबसूरत पोज बनाने को होश नहीं होता।

मास्टरजी : देखा, कैसी छिछली बातें करती है। अन्दर का दबा कीचड़

ऐसे ही उछलता है। मैं उसकी एक-एक हरकत पहचानता हूँ–हँसना, चहकना, पचासों के साथ उठना-बैठना...

ग़ज़ाला : इतने दिन साथ काम करने के बाद भी, आपके मन में मेरे लिए यही इज्जत है?

मास्टरजी : इज्जत और...*(खुलकर हँसता है)*

ग़ज़ाला : *(ठंडी नफरत से)* कल से मैं नहीं आऊँगी।

गुहा : क्या?

राय : यह सब आपकी मेहरबानी। वर्ना मेरे ऐक्टर्स मेरे आगे जुबान नहीं खोल सकते थे।

मैत्री : मास्टरजी, आप माफी नहीं माँगेंगे?

मास्टरजी : इतना नहीं सह पाईं–थियेटर क्या करेंगी।

अजीत : *(झुँझलाकर)* लेकिन ग़ज़ाला-शो मस्ट गो ऑन।

मैत्री : किस कीमत पर?

राय : मैत्री, कम-से-कम तुम्हें...

मैत्री : जानते हैं आपके और मेरे बारे में यहाँ क्या-क्या कहा जाता है?

गुहा : *(ग़ज़ाला के कन्धे पर हाथ रखकर)* देखो, ग़ज़ाला छोटी-छोटी बातों पर नाराज़ नहीं होते।

ग़ज़ाला : *(हाथ झटकते हुए)* हाथ मत लगाओ।

अजीत : (उसके पास आता है) ग़ज़ाला इधर देखो–मेरी तरफ–इस तरह घबराने से...

ग़ज़ाला : *(चिल्लाकर)* कुछ देर के लिए अकेला छोड़ सकते हो? *(अजीत हैरान)*

मैत्री : *(स्थिति सँभालते हुए)* मेरे ख्याल से यही अच्छा होगा, आप लोग ऑफिस में चलकर बैठिए, अब रिहर्सल तो नहीं हो पाएगी। माफ कीजिए, गुहा साहब, आप जानते हैं कभी-कभी रिहर्सल जुड़ नहीं पाती। आपने बहुत नाटक किए हैं, हमने भी, पर बसन्त फिर बसन्त है, हर बार नए फूल लाता है। देवजी, आपको भी कुछ नहीं दिखा पाएँ...

देव : जी भरके देखा। *(औपचारिकता निभाते हुए–पुरुष अन्दर के दरवाजे से निकल जाते हैं।)*

मैत्री : *(दरवाजा बन्द करते हुए)*
बरस हुए तस्वीर दिखी

पहचान अभी बनी नहीं
झरोखों से ही बात करो
अभी, हाथ की मेहँदी गीली है।
फुर्सत हो तो आना पास
झाँकना आँख के पानी में,
कालेपन से गहरी व्यथा,
इन मौन की दुविधा है
शौक बने तो अपना घर
अभी किवाड़ पे साँकल चढ़ी नहीं।

[कल्पना सामान बटोर रही है। किरण उसकी मदद करती है। चन्दा ग़ज़ाला को सँभालने की कोशिश करती है।]

किरण : *(बाकी चीजों के साथ धनुष उठाते हुए)* गिरे पड़े धनुष को उठाना कैसा लगता है?

कल्पना : आदत है।

किरण : खराब नहीं लगता?

कल्पना : अरे नहीं। यह रिहर्सल, लोगों का आना-जाना और उसके बाद भी कमरे का भन्नाते रहना, शक्ल-शक्ल के पर्दे, शीशे-अच्छा लगता है, और उस पर यह महक, पेंट, पाउडर की, वारनिश की, लकड़ी की...

ग़ज़ाला : *(दर्द से)* सब छीला जाता है।

कल्पना : है क्या छिपाने को?

ग़ज़ाला : और सब चल जाए, पर जो चाहता है, वहीं क्यों तोड़ता है?

चन्दा : उसने कहा न–डरता है, खो देगा।

ग़ज़ाला : किताब में फूल रखोगे, चाहे फूल की तासीर सूख जाए?

मैत्री : *(कुछ अपने से, कुछ ग़ज़ाला से)* जब किसी सम्बन्ध में कुछ कहने को नहीं रह जाता, हमारी तलाश रुक जाती है, प्रेम की भाषा में खिलवाड़ होगा, मंच पर तमाशा...

ग़ज़ाला : कहना आसान है।

मैत्री : *(हल्केपन से)* अनाउंसर बनेगी?

ग़ज़ाला : एक्ट कर पाना...

मैत्री : *(सरस्वती के पास खड़े होकर)* बीस साल पहले जब यहाँ आई थी, तो ऐक्टिंग के बारे में क्या जानती थी? क ख ग से

सीखा। चलना, फिरना, बैठना, बोलना, हँसना-रोना। रोते-रोते हँसना, हँसते-हँसते रोना-और मन का परिन्दा आजाद हुआ। जी-भरके खेला-अपने को बहने दिया। कल्पना की तरह मन नहीं मारा।

कल्पना : रहने दो, अपनी जिन्दगी पर नाटक बनाने का हौसला तुममें से किसी में है? एक्ट नहीं किया तो क्या, जीया तो है।

किरण : *(मैत्री के पास जाकर)* यह नाटक होना चाहिए, हमारे मन के परिन्दे भी देखें, कितना उड़ पाते हैं।

कल्पना : कितना क्या? ग़ज़ाला स्टेज छोड़ देगी, नए रोलों के लालच में चन्दा यही अदाएँ दोहराती रहेगी, तू सीता से सिर पटक-पटक के सनक जाना, मैं चुप रहूँगी-और मैत्री? मंच की निराशा लिये, झर जाएगी...

मैत्री : *(अपने से)* मैंने भी जीवन जीया, पैंतालीस साल के उतार-चढ़ाव समेटे हैं, रिश्तों और तहजीब की समझ हासिल की... इस इल्म के बूते पर, क्या मुझे उस किरदार को जज्ब करने की इजाजत मिलेगी, जिसे अपने जिस्म, जुबान और हरकत से शक्ल देनी है?

किरण : अगर चाहो तो...*(मैत्री उसे देखती है। किरण पपट निकालकर)* आपके मन की गुड़िया ने भी बोलना नहीं सीखा।

मैत्री : नाटक-जैसा नहीं बन पाया-तो?

किरण : बेढंगा ही बनेगा न? क ख ग से सीखना होगा। *(दर्शकों के पास आकर)* यह नाटक कौन-सा बहुत पुख्ता है? कुछ ख्याल हैं, कुछ सवाल, रंगपट्टियों की तरह, जिनका तीसरा डाइमेन्शन गायब है ,अक्स जो कार्टून दीखने लगे...

ग़ज़ाला : पता नहीं, होगा या नहीं, सब छीला जाता है...

किरण : तभी परतों की तह से मन की गुड़िया बोल सकेगी...*(गुनगुनाते हुए गाना शुरू करती है।)*

उस छीलन की चेतना
वह एहसास बताने हैं,
कहानी एक सुनाएँगे,
युग-युग लम्बी बात,
आज जो समझा देंगी,
सपने जो तब खो गए,

सपने जो जी उठे हैं,
तेरे-मेरे जीवन में,
वह एहसास बताने हैं...

[धीरे-धीरे चन्दा और कल्पना के स्वर जुड़ जाते हैं। ग़ज़ाला अनिश्चय में, मैत्री सरस्वती की ओर घूमती है, प्रकाश कम होता है।]

●●●